— 書き下ろし長編官能小説 —

ほしがり地方妻

多加羽 亮

竹書房ラブロマン文庫

目次

※この作品は竹書房ラブロマン文庫のために
書き下ろされたものです。

第一章　食堂で汗かく人妻

1

これは果たして現実なのか――。

「ほら、したいんでしょ。好きにしていいのよ」

どこか挑発的な口調で誘うのは、三十一歳の人妻だ。

ここは北関東の寂れた町にある中華食堂。ランチタイムが終わった店内には、寺地幸広と彼女のふたりだけである。

彼女――獅子戸夢子は、袖の短いTシャツにジーンズと、シンプルな装い。エプロンを着けて三角巾を被っているのは、さっきまで仕事をしていたからだ。

なのに、今は食堂のテーブルに伏せて上半身をあずけ、着衣でもむっちり感の際立つヒップを差し出している。

ふたりは知り合いではない。この店を訪れたのは初めてだし、顔を合わせてからまだ一時間と経っていなかった。

にもかかわらず、夢子がここまで大胆に振る舞っているのは、幸広の不用意なひと言が原因だった。

『まあ、打開策がないわけではないんですけど』

うまくいかずに悩んでいた夢子に、そんな思わせぶりなことを言ってしまった。何とかしてあげたい気持ちが募ったために。

ひとつ年下でも、無性に甘えたくなる包容力がある。加えて、年齢を感じさせない愛らしさを併せ持った彼女は、たまらなく魅力的だった。短時間のあいだにすっかり惹かれたからこそ、いいところを見せたかった。

この町に当分住むのだし、今後も仲良くしてもらいたい。知り合いがいない土地に来て、幸広は不安が募っていた。長く付き合った彼女と別れたあとということもあり、無性にひと恋しかったのである。

それゆえ、夢子が人妻であることはまったく気にならなかった。とにかく親しい間柄になりたかったのだ。

しかしながら、彼女を救うための妙案があったわけではない。ただ関心を引ければいいという、ほとんどナンパ師の手口。

そのせいで、是非教えてほしいと詰め寄られ、幸広は追い込まれた。

口から出任せでしたなんて、正直に言えるはずがない。がっかりさせるばかりか、わたしは真剣なのにと怒りを買うのは確実だ。

『教えてもいいですけど、相応の見返りがないと』

などと勿体ぶったのは苦肉の策だった。女らしい腰回りに目を向けたのも、性的な行為を求められていると思わせ、諦めさせるためである。

だが、考えが甘かった。夢子はそれだけ必死だったのだ。この中華食堂を是非とも継ぎたくて。

『わかったわ』

夢子がうなずく。男が何を求めているのか、瞬時に理解したかのごとくに。

彼女はカウンターから離れ、そばのテーブル席に足を進めた。上に載っていた割り箸や調味料を、別のテーブルに移動させる。

何もない状態にしてから、夢子は俯せでテーブルに上半身をあずけた。それから戸惑う幸広に、冒頭の台詞を告げたのである。

疑問を抱かずにいられない。あの短いやり取りだけで、なぜ自ら肉体を差し出す気になったのか。

幸広自身、夢子を抱きたくて「見返り」なんて言ったわけではない。その気持ちはゼロではなかったが、あくまでもその場しのぎで口にしただけなのに。

けれど、彼女は三十路を過ぎた人妻だ。そこらの小娘と違い、酸いも甘いも嚙み分けている。

よって、一見客の男が何を求めているのか、敏感に察したと考えられる。

（ていうか、おれの視線に気がついてたんじゃ——）

カウンター席から厨房の夢子を眺めながら、幸広の目はたわわなヒップラインを追いかけた。彼女は忙しくしていたし、絶対にバレまいと踏んでいたのだが、劣情にまみれた視線をビンビンに感じたのかもしれない。

だからこそ、こうして尻を差し出したのではないか。どこを見ていたのか、ちゃんとわかっていたものだから。

己の浅ましさが恥ずかしい。とは言え、おかげでこのような幸運が舞い降りたのだ。まさに棚からぼた餅と言っていい展開。

（——いや、どうして？）

（ええい、夢子さんがいいって言ってるんだから）

彼女へのアドバイスは、あとで考えよう。何も閃かず、騙したのねと責められようが、実は嘘だったと正直に打ち明けようが、どっちにしろ嫌われるのだ。ならば、魅惑のボディを味わってからのほうがいい。

幸広は欲望のままに動いた。人妻の真後ろに足を進め、豊かな双丘を両手で鷲掴み（わしづか）にする。

「あん」

夢子が甘えた声を洩らし、下半身をわずかにくねらせた。

ジーンズはソフトタイプのようで、指がいくらか喰い込む。だが、柔らかさや弾力を味わうにはもの足りない。

その気持ちが伝わったかのように、彼女が自らジーンズの前を開いた。

（脱がしてもいいってことだよな）

男の希望に添ったというより、夢子自身も愛撫を欲しているのではないか。だからこそ、ここまで大胆になれる気がする。

つまり、脱がせるのは彼女の意向でもあるのだ。

都合よく解釈し、ソフトジーンズに指をかける。すぐにでもナマ尻を拝みたかったが、中の薄物を道連れにしないよう、注意深く引き下ろした。

　現れたのは、光沢のある臙脂色のパンティ。ぷりっとしたお肉がはみ出した裾は、黒いレースで装飾されている。大人の女性にこそ相応しいインナーだ。

「いやぁ」

　恥じらいの嘆きをこぼした夢子が、尻の谷をキュッとすぼめる。薄布が割れ目に挟み込まれ、お肉のはみ出しが大きくなった。どこか動物的な、甘酸っぱい匂いも漂う。

（ああ、素敵だ）

　エロチックな光景と煽情的なかぐわしさに、心臓が早鐘を打ち鳴らす。

　幸広が食堂の床に膝をついたのは、成熟した丸みを間近で見たかったからだ。ほぼ目の高さになったことで、煽情的な迫力が増す。

（え、これは――）

　卑猥な縦ジワを刻むクロッチの中心に、乾いたシミを発見する。尿とは異なる、淫靡な汁を滲ませた跡ではなかろうか。

　その証拠に、男心を掻き乱す女くささが強くなった。

「ね、ねえ」

　夢子が焦れったげに豊臀を揺らす。下着をじっくり観察されるのが居たたまれないばかりでなく、快感が欲しくなっていると見える。

（じゃあ、これも脱がせていいんだな）

秘められたところの佇まいを暴きたくなっていた幸広には、いっそ都合がよかった。事実、パンティのゴムに指をかけても、彼女は抵抗しなかったのである。

それをいいことに、桃の皮でも剝くみたいに、薄物をつるりと引き剝がす。

ぷるん——。

色白のたっぷりした尻肉が、上下にはずんであらわになる。柔らかさとなめらかさが見るだけで伝わってくる、類い稀な質感。ふくらみつつあったイチモツが、完全勃起した。

（ああ、夢子さんのおしり——）

ジーンズのバックスタイルに見とれていたときには、まさか実物まで拝めるなんて予想だにしなかった。

「やん、エッチ」

脱がせるよう促しておきながら、人妻が恥じらいをあらわにする。そんな変わり身の早さにも、無性にドキドキさせられた。

肝腎な秘園は繁茂する縮れ毛に隠され、まったく見えない。手入れなどしていないのか、伸び放題という趣の叢である。パンティに押さえつけられていたせいで渦を巻いていた。

幸広は了解を求めることなく、ぷりぷりの臀部に両手をかけ、左右に割り開いた。女性器を見たことがない少年みたいに気を逸らせ、一刻も早く実物を確かめたかったのだ。

「や、ヤダ」

夢子がわずかに抗う。恥ずかしいところを暴かれるとわかったようだ。

最初に幸広の目が捉えたのは、谷底にひそむ可憐なツボミ——アヌスであった。セピアカラーに染められたそれは、見ないでと咎めるみたいに、放射状のシワをキュッとすぼめる。

(夢子さんのおしりの穴だ)

ある意味、女性器以上に背徳感を煽られる部分。鳩尾のあたりが絞られる感じがして、幸広は何度も唾を飲んだ。

濃いのは陰毛ばかりではないらしい。秘肛を囲むように、短い毛が疎らに生えている。そのことを、本人は知っているのだろうか。

剝き身の陰部が、蒸れた酸味を濃く揺らめかせる。日向に置いたヨーグルトを思わせるそこには、遠慮がちなアンモニア臭も含まれていた。いささかケモノっぽいところにもそそられる。

「もう……オマンコなんか見慣れてるでしょ」

夢子が禁断の四文字を口にしたのは、照れ隠しだったのか。わざとはしたない言葉遣いをすることで、このぐらいは何でもないと思わせたかったと見える。惜しむらくは、観察されていたのが性器ではなく、肛門だったことか。

ともあれ、アダルトビデオならともかく、目の前の女性に淫語を口にされたのは初めてだ。幸広は動揺すると同時に、激しく昂奮した。

（夢子さんが、そんないやらしいことを言うなんて！）

実家の中華食堂を継ぎたいと頑張る、健気な人妻だと思ったのに。だったら、こっちも負けないぐらい淫らなことをして、対抗するしかない。

目では確認できない秘境に、幸広は顔を密着させた。

「え、ちょっと」

彼女が焦った声を洩らす。逃げようとしたようだが、テーブルに突っ伏していたため不可能だった。

そのため、黒々とした密林を、舌で探索されてしまう。

「ダメよ。あ、洗ってないのに」

戸惑いを含んだ声を無視して、幸広は湿った裂け目に舌先を差し入れた。

「あああ、ば、バカぁ」

甘えた声でなじり、夢子が恥割れを幾度もすぼめる。夫がいることなんて関係なく、無性に可愛いと思った。

「ね、いいの？　そこ、汚れてるし、くさいのに」

泣きそうに声を震わせるのもいじらしい。まったく気にしていないと言葉ではなく、ねちっこいクンニリングスで応える。敏感な花の芽をぴちぴちとはじき、彼女にあられもない声をあげさせた。

「あああ、そ、それいいッ」

ふっくらした双丘がビクッ、ビクッと痙攣（けいれん）し、筋肉の浅い窪みをこしらえる。快感を得ているのがわかって、舌づかいにいっそう熱が入った。

「あぁッ、か、感じるぅ」

執拗にねぶられることで、素のままの女芯を味わわれる抵抗も失せたらしい。夢子は切なげに身をよじり、ハッハッと息づかいを荒ぶらせた。

塗り込められる唾液に負けじと、温かく粘っこい蜜が溢れ出す。ほんのり甘みのあるそれで喉を潤し、人妻との一体感を覚えた。

（もっと飲みたい）

敏感な秘核を刺激し、さらなる湧出を促すと、夢子が切なげにせがんだ。

「ね、ねえ、舐めるのはいいから……挿れて」

幸広とて最後までするつもりであった。だが、こんなに早く求められるとは意外だ。このまま口唇愛撫で絶頂に導こうと考えた矢先だったのである。

（もう欲しくなったっていうのか？）

夫が夜の営みをしてくれず、欲求不満なのかもしれない。こうして積極的な行動に出たのも、肉体が満たされていなかったためだとか。

心地よさそうな秘め穴に、ペニスを挿れたかったのは幸広も一緒である。そこは早く早くとねだるように脈打ち、尿道に熱い粘りを伝わらせていた。

ならばと、立ちあがってもっちりヒップを見おろす。逆ハート型の切れ込みからはみ出した陰毛が、やけにいやらしい。

（ここにチンポを挿れるんだ）

慌ただしくズボンとブリーフを膝まで下ろし、反り返るモノを前に傾ける。赤く腫れた亀頭で舐め濡れた女芯を探ると、夢子が「ああ」と喘いで首を反らせた。

「は、早く」

待ちきれないという要請に無言でうなずき、腰を前に送る。入り口部分にわずかな引っかかりがあっただけで、あとはスムーズに結合が果たされた。

「おおお」

低い声を洩らした人妻が、総身をブルッと震わせる。膣がキツくすぼまり、牡器官を快く締めあげた。

(ああ、入った)

感動と快感が螺旋状にふくれあがる。もっと気持ちよくなりたい欲求も高まって、幸広は間を置かずに剛棒を抜き挿しした。

「あ、あ、あ、ああッ」

夢子が声を短くはずませる。尻の谷がピストンを歓迎するみたいに、開いたり閉じたりした。

(うう、気持ちいい)

抉られる蜜穴が、湿った音をこぼす。内部には粒立ったヒダがかなりあり、それが分身のくびれをぴちぴちと刺激するのだ。

「あうう、お、オチンチン、硬いのぉ」

あられもない報告にも、頭がクラクラする。煽られて、海綿体が限界以上の血液を集めた。昂りとペニスの膨張で、快感も大きくなる。

（おれ、夢子さんとセックスしてるんだ）

都落ちして腐っていたはずが、初日からこんないい目を見るなんて。幸広はすっかり有頂天になっていた。

年季の入った中華食堂の店内を眺めながら、胸の内で（ざまあみろ）と溜飲を下げる。その相手は、自分を見限った会社であり、別れた元カノだった。

2

左遷されたそもそもの原因は、幸広のミスだったのである。

中堅の食肉加工品メーカー「味の肉まる」に勤める彼は、本社の営業部に所属していた。それまでは順調に業績をあげていたのに、そのたった一度のミスが命取りになる。得意先の飲食店に納品する商品の発注を間違え、休業に追い込んだのだ。

その店は都内に複数の店舗があったため、かなりの損害を与えてしまった。たまたまメニューが切り替わる時期で、相手方と直接やり取りをしていた幸広以外は変更されたぶんがわからず、チェック機能が働かなかったためもあった。

当然ながら、相手に与えた損害は、会社が肩代わりすることになる。付き合いが長く、互いに信頼関係ができていたため取引停止とはならなかったものの、幸広は上司に大目玉を食らった。

「昨日今日入社した新人じゃあるまいし、何だってあんな馬鹿な間違いをしたんだ！」

叱責されても、弁解などできなかった。百パーセント自分が悪かったのだし、その原因もわかっていたからだ。

あの誤った発注書を作った三日前、幸広は恋人から別れ話を切り出された。付き合って五年。同じ会社で働く彼女は三歳下で、そろそろ結婚しようかと考えていた矢先の出来事だった。

最初の頃のようなときめきがなくなったからというのが、彼女の言い分だった。だが、五年も付き合えばそうなるのは当たり前で、セックスも惰性になっていたのは否めない。

そのぶん気が置けない、何でも話せる間柄になれたと思っていたのに。

実は他に好きな男ができたのではないか。いや、そいつとすでに男女の関係になっているのかもしれない。

そんな疑心が頭をもたげれば、仕事に身が入るわけがない。結果、つまらないミスを犯して会社に損失を招いたばかりか、自らの立場も危うくしたのである。

それまでの実績が認められ、幸いにも馘首は免れた。迷惑をかけた飲食店のほうから、くれぐれも穏便な処分をと温情がかけられたためもあった。

さりとて、何もお咎めがなく済まされるほど、ビジネスの世界は甘くない。正しい発注をやり直し、誤発注分の商品を他に回すなど、同じ営業部の社員たちにも迷惑をかけたのだ。同じ部署で働き続けるのは、針の筵と言っていい。

だからと言って、営業部どころか本社まで出されるとは思わなかった。しかも行き先が、北関東のはずれにある田舎町だなんて。これで彼女との別れも確定した。

そこはバブル期に開かれた出張所だと聞いた。その後の不況で、多くの支社や出張所が閉鎖されたにもかかわらず、なぜだか残ったところだとも。

何でも貸しビルの一フロアに、長期の賃貸契約を結んだという。そのほうが費用的には得だからと。バブルが弾けるなんて、予想もしなかったわけである。

もっとも、近隣にいくつか取引先があったため、無用の長物ではなかったそうだ。

ただ、社員を何人も置くほどではなく、基本は一名のみ。次の赴任者が決まったら、ところてん方式で出られる。

そのため、そこへの異動は、いつしか島流し的な意味合いを持つようになった。

幸広は入社して十年。そういう出張所があると、小耳に挟んだことがある。けれど、自分にはまったく関係ないと思っていた。

（まさか、このおれが島流しになるなんて……）

上からの信頼も厚く、前途を有望視されていたはずが、陸の孤島に行かされるとは。まだ見込みがあると思われたからこそ、辞めさせられずに済んだわけではあるが。

それでも、本社に戻れるかどうかはわからない。

肩を落として東京を離れ、電車を乗り継いで二時間。とにかく交通の便が悪い。新幹線なら日本海側に到着している。

着いたところは、その名も「行者町（ぎょうじゃまち）」。これで山の中だったら、かつては修験者（しゅげんじゃ）が修行に明け暮れた土地だと思ったであろう。

駅舎の外に出てみれば、いかにも田舎町という眺め。低層ながらもビルがあり、飲食店や商店も並んでいる。

しかしながら、それは駅前のみだ。数百メートルも歩かないうちに、閑散とした眺めに変化する。

「これが出張所かよ……」

駅から二百メートルほどの距離にある、四階建ての古ぼけた貸しビル。その最上階が、「味の肉まる行者町出張所」のフロアであった。

ビルの敷地面積は狭い。三人も乗れば満杯のエレベータで上がれば――階段は外の非常階段のみ。中に階段を作らなかったのは、各フロアの面積を少しでも広くするためだろう――四階にあったのは五、六坪ほどの事務所と、寝泊まり用の部屋。あとはシャワー室とトイレぐらいだ。

事務所といってもデスクがひとつと、簡素な応接セットのみ。来客などなさそうだし、そもそもこの出張所自体、半年以上も無人だったという。前にやらかして流された人物は、後任が来る前に許されたようだ。

さりとて、幸広が同じ恩恵にあずかれる保証はない。

他にアパートなど借りたら家賃も馬鹿にならない。ひとりなら、出張所で寝泊まりしたほうがいいと言われていた。何しろ、住居手当も出ないというのだから。

水道代や光熱費は会社持ちだし、幸広も住み込みでいいなと、身のまわりの荷物は出張所宛に送ったのである。だが、事務所からもドアひとつで繋(つな)がっている隣の部屋を覗いて、目いっぱい後悔した。

そこはもともと宿直室という名目だったらしい。こんな小さな出張所には不要だと思えるが、他に使い道がなかったのだろう。

広さは四畳半で、くすんでささくれ立った畳敷き。ところどころにあるシミは、幸広の目には血痕に見えた。こんなところに飛ばされて悲観した社員が、思いあまって命を絶ったのではないかと、不吉な想像が頭をもたげる。

破れかけた襖(ふすま)を開ければ押入で、カビ臭い蒲団(ふとん)がしまわれていた。何人もの汗やヨダレや体液を吸っているに違いない。こんなもの、絶対に使いたくない。

(畳も蒲団も新しくしたほうがいいな)

出費は痛いが、ダニとかもいそうである。このままでは安眠できそうもない。ただでさえ将来の希望を断たれて落ち込み、眠りの浅い日が続いているというのに。

近くに畳屋か蒲団屋はないだろうか。なければ取り寄せるしかない。それまではシートでも敷いて寝ることにしよう。

まさか、シャワー室やトイレもカビだらけではあるまいか。恐る恐る確認すれば、そういうことはなく綺麗だった。ただ、古びているのはしょうがない。

(ていうか、腹減ったな)

時刻は午後の一時半を回っている。朝、少し食べただけだったし、長旅のせいで空腹だった。

駅の近くに飲食店があった。まだ昼時の営業には間に合うだろう。開いてなければファストフードかコンビニだ。

幸広は急いでビルを出ると、駅に向かって足を進めた。

駅前の通りは割合に広いものの、片側一車線である。そこに面しているのは、多くが名前の知られたチェーン店だ。

一方、脇の路地を覗くと、そちらにもちょこちょこと飲食店や飲み屋があった。佇まいからして、昔からある地元の店なのだろう。時間が中途半端なためか、営業はしていないようだ。

そのうちの一軒、「ライオン堂」というハイカラな名前に目を惹かれる。行ってみれば、外のショーケースに食品サンプルの並んだ中華食堂であった。近頃よく聞く町中華というやつか。

入り口のガラスドアに書かれた営業時間を確認すれば、昼は午後二時までだ。今は一時四十五分。

（まだ大丈夫かな？）

店の中を覗こうとしたとき、ドアが開いてひとりの男性客が出てくる。危うくぶつかりそうになった。

（おっと）

開けられたドアが閉まる前に、内側へ身をすべり込ませる。ほとんど反射的な行動であった。

中では、ひとりの女性店員がテーブル席を片付けていた。内装も、いかにも普通の食堂というふう。時代が感じられても小綺麗なそこに、客の姿はなかった。

「あら、いらっしゃいませ」

こちらを見て、彼女が驚きを浮かべる。ランチタイムの終了間際になって、客が来るとは思わなかったらしい。

幸広はドキッとした。そのひとが元カノと同世代ぐらいだったからだ。外見が似ていたわけではないが、未だに別れを引きずっていたためもあり、同い年ぐらいの女性に動揺したのである。

エプロンに三角巾は、飲食店ではごく普通の身なりであろう。単なるユニフォームであっても、家庭的な印象が強い。柔和な面立ちもあって、優しそうなひとだなと思った。

「あの、まだ大丈夫でしょうか？」

恐る恐る確認すれば、ニコッと明るい笑顔が向けられる。

「ええ、どうぞ」

愛想のいい受け答えに安堵して、幸広は店内に足を進めた。

店は奥にカウンターがあって、その向こうに厨房が見える。誰もおらず、大きな鍋が湯気をあげていた。

手前側がテーブル席で、五つほどある。すべて四人掛けで、ひとりで占領するのは忍びないと、幸広はカウンター席に坐った。

店員の女性がすぐにお冷やを出してくれる。

「店主が奥に引っ込んだので、簡単なものしか作れないんですけど、よろしいですか？」

申し訳なさそうに言われて、幸広は「かまいません」とうなずいた。ラーメンの一杯でも食べられれば御の字だと思っていたのだ。

壁に並んだメニューの短冊をざっと眺める。とにかく空腹だったので、すぐにできるものがいい。

「ええと、ラーメンとチャーハンをください」

注文した瞬間、彼女の目がキラッと輝いた気がした。

「はい。少々お待ちください」

受け答えにも妙な意気込みが感じられたものだから、幸広は戸惑った。

(店主がいないってことは、このひとが作るんだよな……)

彼女は厨房に入る前に入り口に向かい、営業中の札を裏返した。さらに、ドアのところのカーテンも閉める。また客が来たら面倒だというより、厳粛な儀式を邪魔されたくないと、そんな内心が窺えた。

もしかしたら、給仕の仕事に飽き飽きして、厨房に立ちたいと前から望んでいたのだとか。その機会が巡ってきて、張り切っているように見受けられる。

(てことは、料理が下手で作らせてもらえなかったのか?)

だとすると、とんでもないものを食べさせられるのではないか。

けれど、彼女が手を洗うときに指輪をはずしたのを見て、そんなことはないなと安心した。左手の薬指にはまっていたそれは、明らかに人妻の証しだったからだ。

(なんだ、結婚してるんじゃないか)

夫に手料理を食べさせているのなら、心配する必要はあるまい。料理人として一流かどうかはともかく、少なくとも家事の初心者ではない。

実際、彼女はかなり手際がよかった。

最初にラーメンを作ったのであるが、麺を鍋に入れるのも、どんぶりに調味料を入れて寸胴のスープを注ぐのも動きがスムーズだ。麺の湯切りも様になっていた。

カウンター前の仕切りが低いので、幸広はずっと厨房の人妻を見ていた。もっとも、料理する様子のみを観察していたのではない。

（いいおしりだな……）

彼女が穿いていたのは、シンプルなジーンズだ。こちらに背中を向けたときや、屈んだときに目に入る豊かな丸みに、幸広はいつしかときめいていた。エプロンを着けているせいか、やけにセクシーに映ったのだ。

元カノはスリムな体型だったし、女性らしい曲線美に欠けるところがあった。そのため、人妻のたわわな尻に目を奪われたのか。

加えて、つらい別れから早く立ち直りたいものだから、他の女性に自然と惹かれるのかもしれない。相手が結婚していようがいまいがかまわずに。

できればずっと彼女のおしりを眺めていたかった。可能ならば、もっと間近で。

だが眼福の時間は長く続かない。五分とかからずにラーメンが出来上がる。

「お待ちどおさまでした」

厨房から出ずに、カウンター越しにラーメンを出すと、彼女は続けてチャーハンに取りかかった。大きな中華鍋をコンロに載せ、ネギを刻みだす。

熟れごろのヒップが気になるものの、せっかく作ってくれたラーメンに口をつけないのは失礼である。幸広はレンゲを手にして、まずはスープからいただいた。

(うん、うまい)

シンプルな醤油味。ベースは鶏ガラだろうか。続いて麺をすすったところ、そちらは軟らかめであった。硬さの好みは伝えていなかったものの、明らかに茹ですぎだと思われる。

(まあ、まだ慣れていないんだろう)

味そのものに文句はない。店主がこしらえればもっと旨いのだろうし、他の料理も食べてみたい。今後も贔屓にしようと思った。

そもそも、あそこかこちらかと選ぶほど、店の数は多くない。

チャーハンを炒める人妻は、真剣そのものの顔つきだった。まるで勝負に挑んでいるかのごとくに。ラーメンのときとはだいぶ違う。

(チャーハンに命を懸けてるって感じだな)

どうしてなのかと首をかしげつつラーメンを食べる。麺がほぼなくなったところで、彼女が厨房から出てきた。湯気の立つチャーハンを手に持って。

「お待たせいたしました」

こちらにかける声にも力がこもっている。幸広は思わず背すじをのばした。

「ああ、どうも」

目の前にチャーハンが置かれる。緊張したのは、彼女がひとつ置いた椅子に坐ったからだ。しかも、こちらをじっと見つめる。

（そんなに出来映えが気になるのかな？）

命懸けでこしらえていたという見立ては、案外当たっていたというのか。

「い、いただきます」

レンゲを持ち、チャーハンを掬う。パラパラではなく、しっとりタイプのようだ。いや、いっそべっちょりタイプか。

この店のチャーハンはいつもこんな感じなのか、それとも彼女が作ったからこうなったのかはわからない。ただ、ひと口食べてみて、幸広は自然と眉をひそめた。

（……なんか違うな）

決して不味いとは言わない。だが、正直微妙だったのである。ご飯がべっちょりではなく、パラパラだったらよかったというレベルではない。味そのものがぼんやりしていた。

「どうですか、味は？」

質問され、すぐに答えられなかったのは、褒め言葉がひとつも浮かばなかったからである。すると、

「お願いだから、正直に言ってください。わたしがこの店を継げるか継げないか、このチャーハンにかかってるんですから」

まったく話が見えず、幸広は戸惑った。けれど、人妻の真剣な眼差しに気圧されて、適当に誤魔化せなくなる。

「ええと、そうですね」

いいのかなと思いつつも、正直な感想を述べる。ご飯はもう少しパラパラのほうがいいし、味も物足りない。病院食で出されそうな感じだと、わかりやすく喩えたつもりであったが、

「やっぱりダメなのね……」

彼女があからさまに落胆したものだから、言い過ぎたのかと焦る。

「あ、いや――」

どうにか褒めるポイントを探そうとしたものの、もはや何を言っても取り繕った慰めにしか聞こえないだろう。それに、味がまだまだだということは、本人も承知して

いたらしい。

「やっぱり、わたしが店を継ぐなんて無理なのかしら……父さんと同じようにしているつもりなんだけど」

悲しみをあらわにし、目に涙を浮かべる。放っておけない気にさせられたのは、抜群なヒップラインにも魅了され、彼女に惹かれていたためもあった。

「何か事情がおありのようですね。よかったら話してくださいませんか」

警戒を解くために、幸広は自己紹介をした。食肉加工品の会社に勤めており、この町の出張所に異動してきたことも。さすがに、仕事でミスをして飛ばされたことや、その原因に恋人との別れがあったことまでは言えなかった。

「……わたし、獅子戸夢子といいます」

この店は祖父が始めたもので、父親が二代目だという。要は実家の店なのだ。ライオン堂という名前は、苗字から取られたそうだ。

「あれ、ご結婚なさってるんですよね？」

姓が変わっていないのを怪訝に思うと、

「ええ。夫は婿なんです」

夢子が答える。ひとり娘で、生まれ育った町を離れたくなかったためもあって、婿に来てもらったという。とは言え、実家に入ったわけではなく、夫婦は近くのアパートに住んでいるとのこと。

夫はサラリーマンで、この店を継ぐつもりはないという。それは夢子も承知しており、店は自分が継ぐつもりでいた。

だからこそ、昔からずっと手伝ってきたのだ。ほとんど給仕の仕事ばかりだが、いずれ料理のイロハを父親から教われると信じて。

そのため、両親が自分たちの代で店を畳むつもりだと聞かされたとき、夢子は大ショックであった。

「わたしはこの店が好きなんです。このお店を贔屓にしてくれるお客さんもたくさんいるんです。だから、絶対に店を続けたいんです」

結婚しても残るぐらいに、この行者町を愛しているのだ。そんな希望を抱くのは、むしろ当然と言える。

ところが、父親はこれ以上続けるのは無理だと断言した。常連客は皆高齢だし、新規の客は望めそうにない。いずれ経営が成り立たなくなるのは確実だと。

(まあ、確かにそうだろうな)

幸広も夢子の父と同じ意見だ。近くにどこかの企業なり、公的機関なりが移転してきて、雇用と人口が増えない限りは。

さりとて、彼女の思い詰めた顔を見ると、そんなことは口に出せなかった。

「じゃあ、夢子さんがチャーハンにこだわっていたのは？」

気になっていたことを訊ねると、人妻がまた悲しそうな顔を見せる。

「父に言われたんです。そんなに店を続けたいのなら、旨いチャーハンを作ってみろって。それができたら、店を継がせてもいいって」

また厳しい条件を出したなと、幸広は眉間にシワを寄せた。

チャーハンは具材とご飯を炒めて味をつけるだけで、調理そのものは簡単だ。誰にでも作れる。

それだけに、お客にも出せる旨いものとなると難しい。いちおう食品業界にいて、飲食店とも取引があるから、幸広にもそのぐらいはわかる。

「だけど、全然うまくできないんです。いちおう研究してるんですけど、こんなものが客に出せるかって父に叱られるばかりで」

その父親が不在なのをいいことに、お客さんに食べてもらえると張り切っていたらしい。入り口を閉めたのは、父親に知られたくないという意図もあったようだ。

「まあ、そんなに焦らなくても。まだお若いんですから」

慰めるでもなく言うと、

「若くありません。もう三十一なんですから」

年齢をためらうことなく口にされ、ちょっと動揺する。元カノと同い年ぐらいかと思えば、ふたつ年上だ。幸広のひとつ下である。

「それに、父はもう還暦を過ぎているので、嫌になったらすぐにでも店を畳むつもりなんです。だから、わたしにはあまり時間がないんです」

追い込まれている訳を理解しても、かけるべき言葉が見つからない。同情の眼差しを向けるのが精一杯であった。

「たぶん、ラーメンも美味しくなかったんですよね。お代は結構ですから」

気落ちした様子の夢子をどうにか励ませないものか。幸広は必死で考えた。けれど、料理に関しては素人の自分に、アドバイスなどできるはずがない。

それでも何とかしてあげたい気持ちがふくれあがる。

「まあ、打開策がないわけではないんですけど」

思わせぶりな台詞を口にしたのは、このまま終わらせるわけにはいかないと、追い込まれたからである。

「え、ホントですか⁉」

夢子が目を輝かせ、身を乗り出してくる。藁にも縋りたいとは、まさにこういう状態を言うのだろう。

「お願いします。是非教えてください。わたし、どうしてもこの店を継ぎたいんです」

詰め寄られて、幸広は悔やんだ。何とかしてあげたかったのは事実でも、妙案などないのである。つい口が滑ったなんて、今さら言えるはずがない。

結果、ますます深みに嵌まることになる。

「教えてもいいですけど、相応の見返りがないと」

諦めさせるために、品のない条件を提示する。わざとエロい目でからだを見たのは、貞操の危機を察して諦めると踏んでのことだった。

まさか真面目な人妻が、一見客である自分を受け入れるなんて、思ってもみなかったのだ。

3

「もっと……もっとぉ」

夢子は貪欲だった。幸広が力強く蜜穴を抉っても、まだまだ足りないとばかりに激しい動きをせがむ。肉厚の臀部をぷりぷりと揺すって。

(うう、よすぎる)

幸広は早くも危うくなっていた。豊潤な愛液をまとった柔ヒダが、敏感な部位を余すところなくヌチュヌチュとこするのだ。おまけに締めつけも抜群である。

元カノとは、別れる以前からセックスレス気味だった。仕事が忙しくて、疲れていたためもあった。それも彼女には不満だったのか。

ともあれ、幸広がこんなに感じてしまうのは、女体とのふれあいが久しぶりのせいもあった。

逆ハート型のヒップの切れ込みに、白い粘汁をまとった肉の棒が見え隠れする。そこからたち昇ってくるのは、酸味を帯びた男女の淫臭だ。ぬちゅぬちゅと、卑猥な水音も間断なく聞こえる。

五感を淫ら色に染めあげられ、幸広は一直線に上昇した。

「お、おれ、もう」

急速にこみあげるものを感じて、腰づかいがせわしなくなる。パンパンと音が立つほどに下腹を尻肉にぶつけられ、夢子は「あんあん」と艶声(つやごえ)をはずませた。

「そ、それいいッ、感じるぅ」

快楽にひたりきっていたものだから、男が差し迫っていたのに気がつかなかったらしい。息づかいを荒くして、「おぅおぅ」と低い唸りすらこぼした。

そのため、幸広はたちまち限界を迎えた。

「おおお、で、出る」

めくるめく愉悦の波に巻かれ、牡の樹液を発射する。寸前にどうにか抜去できたのは、人妻を妊娠させたらまずいという理性が、すんでの所で働いたからだ。

びゅるんッ――。

糸を引いて放たれた白濁液が、放物線を描く。艶めく双丘に落下してはじけ、淫らな模様を描いた。

「え――」

戸惑いをあらわに、夢子が振り返る。こんなに早く絶頂するとは思わなかったのか。

蕩ける悦びにまみれていた幸広は、彼女を気に懸ける余裕などなかった。濡れた分身を握り、高速で摩擦する。昇りつめて過敏になったペニスをヌルヌルとこすると、強烈な快美で腰が砕けそうになった。

ようやく人心地がつき、深く息をつく。柔肌のザーメンがたち昇らせる青くささに、もの憂さを覚えた。

「もうイッちゃったの？」

声をかけられ、我に返る。眉をひそめた夢子を見て、頬が熱くなった。自分の快感のことしか考えられず、早々に果てたことが今さら恥ずかしくなったのだ。

（おれのほうが年上なのに……）

まったくもって腑甲斐ない。情けないばかりである。

夢子の年は聞いたけれど、こちらは何も言っていない。だが、若く見える人妻と比べれば、年長なのは明らかである。彼女のほうも、そういう認識でいるのだろう。

にもかかわらず、言葉遣いに遠慮がなくなったのは、それだけ不満が大きかった証拠だ。

「わたしはまだだったのに、先にイッちゃうなんてひどいわ」

なじられて畏縮する。幸広は「すみません」と謝ったものの、そもそもこういう関係に至った経緯を思い出して首をかしげた。

（おれが夢子さんを気持ちよくするために始めたわけじゃないんだけど）

むしろその逆で、打開策を得るための交換条件として、彼女は肉体を差し出したのである。なのに、先に果てたのを責められるのは理不尽だ。

とは言え、その打開策が何も浮かんでいない今、反論なんてできない。だったらどうすればいいのか教えなさいと言われたら、墓穴を掘ることになる。

ならば、このまま肉欲の交歓に徹して、担保のなかった取引を曖昧なまま終わらせたほうがいい。

夢子のほうも、幸広と交わった理由などどうでもよくなったようだ。あるいは、悦びを求めるあまり忘れてしまったのか。

「ティッシュ取って」

言われて、カウンターにあったボックスを渡すと、彼女が臀部にへばりついた精液を薄紙で拭う。いかにも不機嫌そうな面持ちで。

それから、膝で止まっていたジーンズとパンティを、爪先から抜いてしまった。

（まだするつもりなんだな……）

たっぷりとほとばしらせたばかりだというのに、下半身のみあらわにした人妻を目撃して、たちまち劣情がふくれあがる。もっとも、さすがに再勃起とまではならなかった。

「ここに坐って」

椅子をひとつ引っ張り出して、夢子が座面をポンポンと叩く。幸広が怖ず怖ずと腰掛ければ、エプロンをはずした彼女が前にしゃがんだ。

「可愛くなっちゃって」

縮こまったペニスは、包皮が亀頭を半分ほど隠している。白魚の指でそれを摘ままれるなり、くすぐったい快さが背すじを駆け抜けた。

「ううっ」

たまらず呻くと、夢子がこちらを見あげる。

「気持ちよくなっていっぱい出したから、ここが小さくなったんでしょ?」

先に果てたのをまだ根に持っているふうに、眉をひそめる。バツが悪くて、幸広は視線を逸らした。

「また大きくしてもらわないと、困るんだから」

やはり当初の目的を忘れているらしい。そのほうが好都合だ。

「フェラしてあげる」

ストレートな言葉を口にするなり、夢子が手にしたモノの真上に顔を伏せる。はみ出した亀頭粘膜にチュッとキスをされ、幸広はうろたえた。

(え、いいのか?)

射精したあとなのもそうだし、そこはさっきまで濡れた牝穴に入っていたのである。

触れた指の感触からも、ベタついているのがわかる。

なのに、彼女は少しも気にした様子がなく、舌を回しだした。敏感なところに、てろてろと唾液を塗り込める。

自分の体内にあったものだから気にならないのだろうか。もっとも、「……ちょっとしょっぱい」と小さなつぶやきが聞こえたから、まったく味がしないわけではないらしい。

ともあれ、清涼な舌を不浄な器官に這わされて、幸広は罪悪感と愉悦の両方を味わった。

（夢子さんが、おれのチンポを――）

会ってから、まだ一時間と経っていないのである。なのに、セックスをしたばかりか、フェラチオまでされているなんて。

しかも、彼女は人妻なのだ。

夫にも数え切れないほど奉仕してきたから、肉棒しゃぶりにも抵抗がないというのか。いや、そんな理屈がまかり通るなら、世の中の人妻はみんな不貞行為にいそしんでいることになる。

ちゅぱちゅぱと卑猥な舌鼓（したつづみ）を打たれ、蕩けるような快感に身をよじる幸広が導き

出したのは、

（やっぱり旦那さんが抱いてくれなくて、欲求不満だったのかも）

という、さっきも考えた有りがちな推測であった。

そればかりではなく、この店を継ぎたいのに協力してくれないものだから、夢子は前から夫に不満があったのかもしれない。自分がこんなことまでしているのは、あなたが助けてくれないせいなのよと、当てつけのつもりでいるのだとか。

もっとも、一心におしゃぶりを続ける彼女からは、そんな理由づけなど窺えない。味わうようなねっとりした舌づかいは、単純にしたいからしているように思える。もともと性的な行為への抵抗感が薄いのではないか。

おかげで、海綿体に血液が集まる。ムクムクと膨張することで、分身がいっそうの歓喜にまみれた。

しかしながら、完全復活には時間がかかりそうだ。大きくなったものの、まだ七、八割というところか。

「ねえ、さっきみたいに硬くならないの？」

ふくらんだ男根から口をはずし、夢子が訊ねる。逞(たくま)しいモノで再び貫かれたいのに、なかなか臨戦状態にならず焦れている様子だ。

もう一度交わりたいのは、幸広も同じであった。けれど、そんなふうに急かされると、その部分がますます萎縮してしまう。男は案外デリケートなのだ。

この現状を打開するには、違った方向からのアプローチが必要である。

「昂奮すれば硬くなりますよ」

「え、フェラされても昂奮しないってこと？」

「ていうか、おれはされるよりも、するほうに昂奮するんです」

オーラル奉仕の交代を暗に求めると、彼女が驚きを浮かべた。

「クンニしたいってこと？」

行為の名称を口にして、迷ったふうに目を泳がせる。さっきもそれを途中でやめさせ、挿入を求めたのだ。舐められるのが好きではないのだろうか。

（いや、さっきはけっこう感じてたよな）

洗ってなかったから申し訳なくて、早めに終わらせたに違いない。あるいはもっと単純に、恥ずかしかっただけなのか。

「おれ、夢子さんのアソコを舐めたいんです」

よりストレートに望みを口にすると、人妻がうろたえる。

「そ、そんな――」

躊躇したものの、

「そうすれば、ちゃんと硬くなりますから」

幸広の言葉で、迷いが吹っ切れたらしい。

「わかったわ……」

渋々という体ながら、秘苑ねぶりを受け入れた。

「じゃあ、ここに寝てください」

テーブルの上で仰向けになるよう促すと、彼女が素直に従う。どうせされるのなら、目いっぱい感じさせもらおうという心づもりになったのか。

下を脱いだから、夢子が着ているのは袖の短いTシャツのみ。頭の三角巾と、踝までのソックスがそのままなのが、妙にエロチックだ。

（こんなところを見たら、親父さんは大激怒だろうな）

先代から引き継いだ神聖な店内で、娘がはしたない姿を晒しているのだ。しかも、お客さんが食事をするテーブルに尻を乗せるなんて。

まあ、それ以前に、不貞行為を叱られるであろうが。

「あん、恥ずかしい」

仰向けで両脚を掲げた夢子は、膝をぴったりくっつけていた。意識してなのか、踵のあたりで秘部を隠している。これでは舐められない。

「膝を抱えて、脚を開いてください」

命じると、頬を赤くしながらも従う。和式トイレでしゃがむポーズを、寝転がった姿勢で再現した。

「ああん」

陰部をあらわにして嘆き、目を閉じる。羞恥にまみれ、男の顔を見られなかったのだろう。

（うう、いやらしい）

大胆に見せつけられる牝園に、幸広は動悸を激しくした。

さっきは後ろからだったので、濃い秘毛に隠されて性器の佇まいがわからなかった。今は濡れて皮膚に張りついた叢が、左右に分けられている。ペニスを挿入したことで、自然とそうなったようだ。

おかげで、大ぶりの花びらがいびつなハートを形作っているところがまる見えだ。ほころんだ中心に覗く、濡れ光る粘膜も確認できる。

吸い寄せられるように顔を近づけると、ぬるい秘臭が漂ってくる。最初に嗅いだときよりも、熟成された趣があった。

を見ていた。
「ねえ、いいの？」
問いかける声にドキッとする。いつの間にか夢子が瞼を開き、頭をもたげてこちら
「え、何が？」
「そこ、さっきオチンチンを挿れたのに」
セックスしたばかりであるのを思い出させて、クンニリングスを躊躇させるつもり
なのか。
だが、他の男としたのならともかく、挿入したのは自分なのだ。彼女が愛液で濡れ
ているのをかまわずフェラチオをしたのと同じで、別に気にならない。中出しをした
あとなら、さすがに怯んだかもしれないけれど。
ともあれ、いちいち説明するのも面倒だと、かぐわしい蜜芯に口をつける。
「やんっ」
夢子が腰をよじり、恥割れをキュッとすぼめる。膝から下をジタバタさせ、幸広の
背中を踵で打った。
それにもかまわず舌を動かせば、「あ、あっ」と焦りを含んだ声がほとばしる。
「もう、バカっ、ヘンタイ」

辱めを与えられ、人妻が苛立つ。けれど、敏感なところを攻められて、たちまち抵抗が薄らいだ。

「うう……わたし、こんなところでオマンコを舐められてるぅ」

はしたない台詞を口にして、ハッハッと息をはずませる。店内で淫らな行為に及ぶことも、昂奮を高める要素になっているようだ。

(いやらしいひとだ)

こうなったら徹底的によがらせてやろうと、敏感なポイントを執拗に吸い転がす。

「イヤイヤ、だ、ダメぇ」

夢子の声が一オクターブ高くなる。脂がのってふっくらした下腹が、ビクッ、ビクッと波打った。

「そ、それ、弱いのぉ」

涙声で訴え、テーブルの上で身をくねらせる。さっきクンニリングスを中断させたのは、はしたなく乱れるところを見せたくなかったためらしい。

しかし、自ら弱点を暴露したことで、いっそう不利になる。

(つまり、感じてるってことなんだよな)

嬉々として秘核を口撃すれば、彼女が「ダメダメ」とすすり泣く。早くも頂上が近づいているのか、たわわなヒップが浮きあがっては落ちた。

「ね、ね、オチンチン挿れて……切ないのぉ」

それは本心であったろうが、昇りつめるところを見られたくないのも事実だろう。ならば、ますます見たくなるのが人情だ。

すでにペニスは完全復活し、反り返って下腹をぺちぺちと叩いている。疼きにもまみれて、早く心地よい穴に入りたいとせがんでいた。

己の欲求を抑え込み、人妻に奉仕する。今回は絶頂するまで続けるつもりだった。

「く、クンニはもういいの、い、イッちゃうからぁ」

夢子が抗うのも無視して、もっちりヒップを両手でしっかり抱える。硬くなった尖りを舌先でぴちぴちとはじけば、柔らかな内腿に頭を強く挟み込まれた。

「ダメッ、ダメッ、イクッ、イクイクぅ」

熟れボディが暴れ、テーブルが不吉な軋みをたてる。それも耳に入っていないようで、彼女はあられもなく昇りつめた。

「あひぃいいい、イクッ、ダメダメダメぇえええっ！」

外にまで聞こえそうなアクメ声を放ち、女体を細かく痙攣させる人妻。荒い息づかいが続く中、間もなく手足から緊張が抜けた。

「ふはっ、ハッ、ああ……」

抱えていた膝を離し、テーブルから足をおろす。

（イッたんだ）

やり遂げた充実感を胸に立ちあがれば、ぐったりした夢子が胸を大きく上下させている。頭の三角巾が床に落ちて髪が乱れ、閉じた瞼は睫毛が泣いたあとみたいに濡れていた。

唾液と愛液でぐっしょりの女芯は、花びらが腫れぼったくふくらんで、いっそう卑猥な景色である。狭間（はざま）に覗く粘膜に、小さな洞窟が収縮するところまで見て取れた。

（いやらしい……でも、綺麗だ）

女としての魅力が、全身から匂い立つよう。実際、甘ったるい汗の香りがたち昇っていた。いささかケモノっぽい、牝の臭気を含んだものが。

劣情を煽られ、股間の分身がしゃくりあげる。もう我慢できない。

女らしい下肢を持ちあげ、足首を両肩に載せる。深く交わるときの体位。テーブルの高さが丁度よくて、ぱっくりと開いた淫華のすぐ前に、そそり立つ秘茎があった。

つまり、ペニスを前に傾けて腰を前に出すだけで、結合が果たせるのだ。

幸広はその通りにした。赤く腫れた亀頭で濡れ割れをこすり、たっぷりと潤滑する。

彼女が半分失神したみたいになっているのをいいことに、断りもなく挿入した。さっきもしたのだから、咎められることはないはず。

「ああぁっ」

夢子が背中を浮かせ、嬌声をほとばしらせる。一瞬で我に返ったみたいに、目を開けて驚きを浮かべた。交わる体勢にさせられていたのに、本当に気がついていなかったらしい。

「ちょ、ちょっと、なに勝手に挿れてるのよ」

今し方、『オチンチン挿れて』とせがんだのを忘れたのか。咎められてカチンときたこともあり、幸広はすぐさま力強いピストンを繰り出した。

「あ、あ、ダメッ、い、イッばかりなのにぃ」

女体が身も世もなくくねる。彼女の内部が慌てたように蠢いた。侵入物を気ぜわしく締めつけ、快感も与えてくれる。

おかげで腰が止まらない。

「ダメダメ、またイクぅ」

一分も経たずに、夢子は昇りつめた。裸の腰を感電したみたいに痙攣させ、喉をゼイゼイと鳴らして。

幸広はまだだったから、そのまま抽送(ちゅうそう)を続けようとした。ところが、涙声で停止を求められる。

「やめて、お願い……そんなにされたら死んじゃう」

歪んだ美貌がいかにも苦しげだったので、さすがに可哀想になる。幸広は強ばりを深く差し入れたところで止まり、女体の深部を味わった。

「ふは……ハァ、はふ」

人妻の息づかいがなかなかおとなしくならない。やり過ぎたかなと、幸広は反省した。さりとて、このままじっとしているのも手持ち無沙汰である。

肩に担いでいた脚をおろすと、汗で湿った夢子のTシャツを、鎖骨のあたりまでめくり上げる。火照(ほて)った熟れ肌をクールダウンさせるためもあったが、正直、おっぱいも見たかった。

仰向けのため、いくぶん控え目な盛りあがりを包むのはブラジャーではなく、柔らかそうなハーフトップのインナーであった。仕事のときには、このほうが動きやすいのだろうか。

それもずり上げようとしたとき、夢子が動いた。テーブルに寝たまま、Tシャツを脱ごうとしたのである。濡れた布が張りついて気持ち悪かったのか、それとも、男と肌を重ねたくなったのか。

「ううう、脱げない」

裏返ったTシャツが顔を隠したところで動けなくなる。もともとぴったりサイズだったようだし、寝たまま脱ぐのは無理だったろう。オルガスムスのあとで、手足に力が入らなかったためもあるようだ。

幸広が手伝ってあげなかったのは、あらわになった人妻の腋窩に、楚々とした繁みがあったからだ。

(え、剃ってないのか？)

実家の店を手伝うだけだから、そこまで気を配らなくてもいいという考えなのか。それとも、地方在住の女性はみんなこうなのか。少なくとも元カノは常に処理していたし、剃り跡すら見たことはない。

自然のままの腋毛は新鮮で、やけにエロチックだ。まじまじと観察せずにいられないほどに。

そう言えば、夢子は陰毛も伸び放題だった。そっちも処理などしないのだろう。

(なんか、すごく色っぽい……)

人妻の腋毛に魅せられて、挿入したままその部分に顔を寄せる。甘ったるいかぐわしさは、汗にミルクをまぶした感じか。

クセになりそうななまめかしさは、まさにフェロモンと言える。惹かれるのは当然なのだ。

などと、自らの行為を正当化し、漂うものを深々と吸い込んでいると、

「ちょっと、何してるのよ？」

夢子に咎められる。Tシャツで視界を完全に奪われているはずなのに、幸広が腋の匂いを嗅いでいると察したのか。もしかしたら鼻息がかかったのかもしれない。

何もしていないと誤魔化すのが得策だが、このまま引き下がるには、彼女の腋毛と腋の匂いが魅力的すぎた。

（ええい、かまうものか）

せっかくのチャンスをふいにするぐらいなら、変態と罵られてもいい。こんなことは、おそらく二度とないのだから。

幸広は湿った窪地に顔を埋め、濃厚なパフュームを深々と吸い込んだ。そこまですれば見えなくても、夢子には何をされているのかわかっただろう。

「キャッ、や、やめてっ！」

女体がもがき、抵抗を示す。しかし、おとなしくさせるのは簡単だった。ペニスを

膣に挿入したままだったからだ。

フンフンと鼻を鳴らしながら、腰も動かす。さっき以上に勢いよく突いて、トロトロになった奥を狙った。

「きゃふッ」

熟れごろボディが波打つ。絶頂して間もない女芯を貫かれ、他をかまう余裕がなくなったようだ。

「イヤイヤ、ダメよぉ」

嗚咽(おえつ)混じりの声を洩らし、両脚を幸広の腰に絡みつける。無意識の動作だったようながら、もっとしてとせがんでいるかに感じられた。

ならばと、長いストロークで出し挿れし、腋の香りも堪能する。片側だけではもの足りず、左右とも。

「イヤッ、あ、ああっ、感じる」

正直すぎる体臭を知られたことなど、どうでもよくなったらしい。夢子はよがり、杭打たれる艶腰をくねらせた。ヌルヌルになった蜜壺で、牡の漲(みなぎ)りを捕らえんばかりに締めつける。

(うう、たまらない)

セックスの快感もさることながら、鼻腔を満たすかぐわしさにも頭がクラクラする。ふたつが相乗効果となって、全身に震えが生じるほどの悦びを味わった。

そのため、腰づかいにますます遠慮がなくなる。雄々しく脈打つ剛棒を、気ぜわしく抽送した。

「おぅ……おほぉ」

夢子の喘ぎが低くなる。肉体のより深いところで感じているふうに。内部がどよめくのもわかった。

（またイクんじゃないか？）

幸広のほうも、かなりのところまで高まっていた。射精しなかったのは、魅力的な人妻との行為をもっと長く愉しみたいという、浅ましい欲求に従ったためである。

それでも、いよいよ危うくなったとき、

「イヤイヤ、ま、またイクぅ」

極まった嬌声が耳に入った。

「お、おれもです」

幸広は腋窩から顔を離すと、顔を隠すTシャツをめくり下げた。いやらしく蕩けた美貌に、胸がきゅんと締めつけられる。

「――い、いいわ。今度は中に」

少しの間を置いて、夢子が中出しの許可をくれた。ほとばしるものを、膣奥で浴びたくなったのだろうか。

（いいのか？）

ためらったのは、ほんの刹那であった。快楽の狂おしい波に巻かれて、射精一直線で腰を叩きつける。パツパツと湿った音が高らかに響くほどに。

「ほぉおおおお、い、イクッ、イクッ、ダメぇえええっ！」

アクメ声を放ち、ガクンガクンと体躯をはずませる人妻の奥に、幸広は濃厚なエキスを放った。ドクッ、ドクッと、二度目とは思えない勢いで。

「ああ、あ、夢子さん」

脳が蕩けて馬鹿になりそうだ。それでもしつこくピストン運動を続け、幸広は最後の一滴まで子宮口に注ぎ込んだ。

第二章　肉食妻のおしゃぶり

1

　幸広がライオン堂を訪れたのは、間もなくランチタイムの営業が終わるという時刻であった。

「いらっしゃいませ」

　給仕の女性店員が朗(ほが)らかに迎えてくれる。夢子ではない。還暦近いと思われるそのひとは、きっと母親なのだ。

　夢子はカウンターの向こうに見える厨房にいた。幸広に気がつくと、わずかに頬を緩める。隣には店主である父親もいるから、夫以外の男に親しみのある態度は見せられまい。ふたりの関係を悟られてはならないのだ。

店内には、お客が三組ほどあった。間もなく食事が終わりそうだから、タイミングはばっちりである。

幸広はカウンター席に着くと、ラーメンとチャーハンを注文した。

「もう休業の札を出していいんじゃない」

注文を受けてから、夢子がさりげなく言う。母親は「そうだね」とうなずくと入り口に向かい、営業中の札をひっくり返した。

父親は無言でラーメンの準備を始める。夢子はチャーハンだ。具を刻む手つきがどこか慎重に感じられるのは、時間をかけることで幸広とふたりっきりになりたいからではないか。

「ありがとうございましたー」

思ったとおり、他のお客が次々と店を出る。レジ担当も母親で、テーブルの片付けも素早かった。さすがベテランという余裕が感じられる。

幸広のラーメンがカウンターに出されたときには、店内には夢子たち親子と、幸広だけになっていた。

「あとはわたしがするから、父さんと母さんはあがっていいわよ」

チャーハンを炒めながら夢子が言う。その手つきは、最初に来店したときよりずっとサマになっていた。

父親が無言で厨房を出て、奥へ引っ込む。母親も使用済みの食器を食洗機に並べると、

「じゃあ、よろしくね」

娘に声をかけ、三角巾をはずしながら夫のあとを追った。

（うん、旨い）

ラーメンをすすり、幸広は満足してうなずいた。最初のときは軟らかめだった麺が、適度な茹で加減でコシも感じられる。その違いだけでも、味が数段よくなったと感じられた。

「父さんが作ったラーメンのほうが美味しいでしょ」

チャーハンを手に厨房から出てきた夢子が、やっかむ口振りで言う。

「そうだね」

幸広はあっさりと認めた。それは彼女も重々承知しているからだ。

「でも、チャーハンはわたしのほうが美味しいわよ。売上も三割ぐらい増えてるんだから」

得意げに告げる人妻のひたいには、汗が光っている。チャーハンを担当するように

なり、父親に与えられた専用の中華鍋を、営業中は休みなく振っているとメールで教えられていた。今日もかなり頑張った様子である。

その証拠に、隣に坐った彼女から、甘ったるいかぐわしさが漂ってくる。中華食堂の油の匂いをかき消すほどの、真っ正直な女くささだ。

それにうっとりしながら、レンゲでチャーハンもひと口いただく。

「うん、ほんとに旨いね」

好評とは聞いていたが、なるほど納得する。あのべちょべちょチャーハンは何だったのかと思えるほどパラパラしており、味も段違いだ。

もちろん、夢子の努力があっての賜物(たまもの)でもある。しかし、材料を変えただけで、ここまで激変するなんて。

(まあ、怪我の功名みたいなものだけど)

あの日、この店で彼女とセックスをしなかったら、幸広も打開策を見つけられなかったであろう。

——射精して力を失いつつあるペニスが、狭膣で甘噛みされる。むぐむぐと快い刺激を与えられ、幸広は腰をブルッと震わせた。

（……気持ちよかった）

余韻が長引き、うっとり気分にひたる。精液を出したあと、こんなにも心豊かでいられるのは初めてかもしれない。

そろそろと後退すれば、萎（な）えた秘茎が蜜芯からはずれる。それを追うみたいに、白濁の粘液がドロリと溢れた。

（いやらしすぎる）

元カノとのセックスでは、常にコンドームを使っていた。ナマで挿入したのも中で爆発したのも、考えてみればこれが初体験。過去に人妻としたこともなかったのだ。夢中だったから、そこまで頭が回らなかった。

当然ながら、膣から精液がこぼれるところも、アダルト動画を除けば初めて目にしたのである。

夢子がのろのろと身を起こす。一度は脱ごうとしたTシャツを、結局元に戻した。わずかに眉をひそめたのは、汗で湿ったものが肌にくっつき、いい気分ではなかったためだろう。

「ティッシュちょうだい」

気怠（けだる）げに言われて、さっきも使ったポックスを差し出す。彼女が秘部を拭うのを見ながら、幸広も濡れた分身を清めた。

「……ヘンタイ」

こちらを見ずにポツリとつぶやかれ、ドキッとする。

「ワキの匂いまで嗅ぐなんて、何を考えてるのよ。オマンコも洗ってないのに舐めてたし、くさいのが好きなわけ？」

そこまで言って、夢子が上目づかいで睨んでくる。

ちっともくさくない、いい匂いだったと、幸広は反論したかった。けれど、ますます異常者扱いされる気がして黙っていた。

それに、彼女の頬はピンクに染まっている。どこか照れくさそうでもあるし、嫌悪を覚えているわけではなさそうだ。

三十一歳の人妻はテーブルをおりると、幸広の前にしゃがんだ。うな垂れた牡器官を二本の指で摘まみ、目を細める。

「また可愛くなっちゃった」

さっきもそうしたように、口に入れて舌をまといつかせた。

「あうう」

ピチャピチャと音が立つほどにしゃぶられ、くすぐったい快感が生じる。幸広は腰をよじり、目の奥に火花を散らした。

（まだし足りないのか？）

もう一度挿れてほしくて、口淫奉仕を始めたのかと思った。ところが、慈しむような舌づかいは、敏感なところを狙ってはいても、刺激するのではなく清めているふう。フェラ顔も穏やかで、陶酔の心地が表れていた。

事実、五割ほどふくらんだ秘茎から口をはずし、

「綺麗になったわ」

唾液で濡れたそれを上下にぷらぷらと振ったのである。

「オレも、夢子さんのを舐めます」

お返しの奉仕を買って出ると、彼女は冷たい目を向けてきた。

「ダメッ」

簡潔な言葉で拒み、左手を牡の急所に添える。

「それ以上ヘンなことを言うと、ここ、握り潰すからね」

本当にやりかねない気がしたから、幸広は口をつぐんだ。すると、夢子は陰嚢をさすりながら、軟らかな器官をしげしげと眺めた。

「これ、魚肉ソーセージみたいね。さわった感じも似てるし、色もピンクだし」

唐突な喩えに面喰らう。そう言われればそうかもと思ったとき、不意に思い出した。

「そう言えば、ここのチャーハンって、魚肉ソーセージを使ってますよね」

これに、彼女がきょとんとした顔を見せる。

「ええ、そうね」

「以前からそうだったんですか？」

「ううん。前はチャーシューを細かく刻んだやつを入れてたの。だけど、常連のお客さんが高齢になって、脂っこくないものが好まれるようになったから、父さんが魚肉ソーセージに変えたのよ。ほら、チャーハンって、ラーメンといっしょに食べるひとも多いでしょ。だからしつこくないほうがいいって、お客さんにも好評なの」

チャーシューと魚肉ソーセージでは、原料も味も異なる。店主である夢子の父親は、料理人として長くやってきたから、材料が変わっても味を落とさずにチャーハンが作れるのだろう。味つけから火加減から、あれこれ工夫しているに違いない。

しかし、夢子にはそこまでの腕がない。そのため、魚肉ソーセージ独特のくさみが消せずにいた。食べたとき、何かが違うと感じた正体はそれだったのだ。

加えて、まだ三十代の幸広には、具が魚肉ソーセージではもの足りない。獣の肉のほうが味もいいし、食べ応えもある。また、肉の脂があったほうが水分をはじき、チャーハンがべっちょりとならずに済むはずだ。

　さりとて、常連客に好評なら、具材を変えるわけにはいかない。

（いや、魚肉ソーセージに代わるものがあればいいんだ）

　いい方法が浮かびそうで、自然と表情が険しくなる。それが夢子を不安にさせたらしい。

「え、オチンチンがソーセージみたいって言われて怒ったの？」

　頓珍漢（とんちんかん）な問いかけを耳にするなり、アイディアの神が降りてきた——。

2

「やっぱりソーセージを変えて正解でしたね」

　幸広が言うと、夢子が口許（くちもと）をほころばせる。

「ええ。お年寄りのお客さんも喜んでるの。前よりもずっと美味しいって」

「たぶん、懐かしさもあるんでしょうね」

　ライオン堂のチャーハンに採用されたのは、幸広の会社の商品である。その名も
「昔ながらのソーセージ」。

かつて庶民の味として親しまれたソーセージには、馬肉やマトンが使われていたという。幸広が生まれる前の話だ。

昔ながらのソーセージは、その馬肉やマトンを使っている。味つけも工夫し、懐かしさと新しさの両方を兼ね備えた商品なのだ。「味の肉まる」が自信を持って送り出したものだった。

ところが、売上がさっぱり伸びなかった。開発に金と時間をかけたぶん、簡単に販売中止にするわけにはいかない。是非とも売ってほしいと、本社の営業部時代に、幸広も発破をかけられた。

そもそも本格的なものや高級品を除き、赤いビニールで包まれたかつてのソーセージは、一時期店頭から消えかかったのだ。それが健康志向によって魚肉製品が注目されるようになり、店頭に戻ったのである。

健康的というのであれば、一般的なソーセージに使われる豚肉よりも、馬肉やマトンはカロリーが低く、高タンパクである。しかし、食肉としては一般的ではないため、昔ながらのソーセージはキワモノ的に見られたようだ。

幸広は、それをチャーハンに使ったらどうかと考えたのである。結果は大成功であった。

あっさりしてヘルシーという点では、魚肉ソーセージに匹敵する。味は上回り、魚肉の匂いやクセもない。さらに高齢者には、懐かしい味で郷愁を誘う。

無論、具材を変えたら、味つけも変える必要がある。それについては、夢子の父親がアドバイスをしてくれた。娘が見つけてきた具材を気に入ったようである。

さらに、チャーハンの作り方も丁寧に教えてくれたという。要は跡継ぎとして認めたのだ。

夢子は現在、チャーハン作りを任されている。注文が増えて、営業時間中はずっと中華鍋を振っているという。おかげで腕もめきめきと上がり、料理全般にも自信がついたそうだ。

今後は他の料理も習う予定で、中華食堂の女主人として独り立ちする日も、そう遠くはあるまい。彼女が上機嫌なのは、夢が叶う道筋ができたからである。

「寺地さんのおかげよ」

満点の笑顔で言われ、幸広は照れた。

「いや、おれは何も」

「ううん。寺地さんはわたしの幸運の女神なの。あ、女神じゃないか。救いの神？」

「大袈裟だよ」

褒められすぎると、かえって肩身が狭くなる。おまけに、夢子がこちらに手をのばし、太腿をすりすりと撫でたのだ。

「大袈裟でも何でもなく、わたしは感謝してるのよ」

どことなく艶めいた眼差しを向けられ、息苦しさを覚える。

（……今日はできるかも）

期待がこみあげ、幸広は落ち着かなくなった。

ここへ初めて来た日に、夢子とセックスをした。その後もソーセージを持ってきたり、注文の契約を結んだりで三度ほど訪れた。けれど、あとのほうはビジネス優先に徹したし、彼女のほうもチャーハン作りに集中していたため、色めいた展開にはならなかった。

こうして初日と同じく、ランチタイム終了間際を狙って来たのは、また快楽のひとときを持てるかもしれないという思いがあったからだ。そして、待ちかねていたのは夢子も同じだったらしい。腿を撫でる愛撫に等しい手つきと、わずかに潤んだ目が男を求めていた。

とりあえず残ったラーメンを食べ、チャーハンも平らげる。麗しの人妻がじっと見つめていたため、危うく喉に詰まらせるところであったが、お冷やでどうにか流し込んだ。

「ふうー」

満腹になって人心地がつくと、海綿体が充血を開始する。食欲が満たされれば、次は性欲だと言わんばかりに。

それを察したみたいに、夢子の手がすっと股間に触れた。

「うう」

ほんの軽いタッチなのに、腰がブルッと震えるほどに感じてしまう。

「お世話になったお礼をしなくちゃね」

しなやかな指が、布越しに牡器官を握り込む。揉むように動かされ、快感がふくれあがった。

「ああ、ゆ、夢子さん――」

「ね、こっちに」

手を引かれて立ちあがり、テーブル席の脇に進む。前にしゃがんだ人妻が、いそいそとズボンのベルトを弛(ゆる)めた。

(積極的だな)

彼女もこうなることを待ち望んでいたのだ。

下半身があらわにされると、ペニスは水平まで持ちあがっていた。そこに指が巻きつき、しごかれることで、たちまち上向きになる。

「ふふ、元気」

ビクビクと脈打つ肉根に、目が淫蕩に細まる。さっきまで厨房で忙しくしていたのが嘘のように、夢子は女の顔になっていた。

「わたしのチャーハン、美味しかったでしょ？」

「う、うん」

「やっぱりソーセージを変えて正解だったわ。お礼に、今度は寺地さんのソーセージを食べてあげる」

反り返るものを前に傾けた彼女が、Oの字に開いた唇に亀頭を迎える。舌をねっとりと絡みつけ、それこそ味わうように動かした。

「ああ、ああ、あうう」

目のくらむ悦びに、幸広は膝を震わせた。

不浄の器官をねぶられても罪悪感を覚えなかったのは、ここへ来る前にシャワーで股間を清めたからだ。もちろん、夢子との交歓を期待して。思いどおりになったことで、分身が小躍りする。

「んふ」

夢子が鼻息をこぼし、漲り棒を口内に深く迎え入れる。温かく濡れた中にひたり、敏感なところをピチャピチャとねぶられ、立っているのが困難になる。

（うう、よすぎる）

幸広は脇のテーブルに片手をつき、からだを支えた。

夢子は三角巾を被ったままである。まるで家政婦さんに手を出したかのよう。人妻にプラスした背徳感に、腰の裏がゾクゾクした。

彼女の指は牡の急所にも添えられ、タマを持ちあげてすりすりと撫でる。くすぐったい快さに上昇角度が急になり、高まった射精欲求を抑え込まねばならなかった。こんなことで果てるわけにはいかない。

「おれ、夢子さんに挿れたいです」

ストレートに求めると、上目づかいでこちらを見あげた人妻が、口内で脈打つモノを強く吸う。唇をはずし、

「もうガマンできなくなったの？」

からかう口振りで訊ねた。

「だって、おしゃぶりが気持ちよすぎるから」

るのだ。

「しょうがないわね」

やれやれという顔を見せつつも、頬が緩んでいる。彼女のほうも、したくなってい

そのとき、ふと気がついて首をかしげる。

(夢子さん、おれのことを年下だと思ってるのかも)

タメ口なのもそうだし、今みたいな言葉遣いや態度からして、年上だとわかってい

るとは思えない。

幸広はべつに若く見えるほうではない。だが、ずっと下手(したて)に出ていたから、年下だ

という印象を強く持った可能性がある。

(まあ、べつにいいか)

今さら確認して、敬語を使うよう求めていると勘違いされても困る。そもそも一歳

しか違わないのだし、彼女にかしこまった態度など取られたくなかった。

それに、このままでいたほうが甘えさせてくれそうだ。多少やり過ぎても、許して

くれるに違いない。

夢子が立ちあがり、テーブルに両手をつく。簡素なエプロンでは半分も隠せない、

たわわなヒップを後ろに突き出した。

「脱がせて」

ジーンズの前を自ら開き、丸みを左右に揺すってみせる。言われるまでもないと、幸広は彼女の後ろにしゃがみ、パンティもまとめて膝の下まで引き下ろした。

「やん」

恥じらいの声を洩らしつつ、夢子はテーブルに上半身をあずけた。足を浮かせ、

「下、全部脱がせて」

邪魔っけな衣類を、完全に排除するよう求める。そうしないと脚が開けないからだろう。

幸広は素直に従った。さすがに裸足ではまずいかと、サンダルは履かせる。その間も、剝き身の豊臀をうっとりと眺めた。

(ああ、夢子さんのおしり)

桃色の肌がスベスベなのは、実際に触れたから知っている。すぐにでもむしゃぶりつきたい、お肉を割って谷間のいやらしいところを見たい嗅ぎたいと、切望が狂おしいまでにこみあげた。

幸広はそのとおりにした。

「キャッ」

夢子が悲鳴をあげる。恥ずかしいところに牡の鼻面（はなづら）がもぐり込んだのを察したのだ。

（おお、すごい）

最初に嗅いだとき以上に、むんむんと熱っぽい素の恥臭。ずっと厨房に立ち続けていたから、汗をかなりかいた様子だ。蒸れた酸味が強烈である。

それは魅力的な人妻のかぐわしさだ。嫌悪感などかけらもなく、肺に届けとばかりに深く吸い込む。

「もう……オチンチンを挿れたいって言ったくせに」

不満げになじりながらも、抵抗は以前ほどではない。むしろ、甘えるみたいに尻の谷をすぼめた。

（ひょっとして、舐められたかったのかも）

実際、湿った裂け目に舌を差し入れると、仔犬みたいに「くぅーン」と啼いたのである。恥ずかしい匂いを嗅がれてもいいから、気持ちよくしてもらいたいのか。

ジワジワと溢れるラブジュースは、匂いほどには味がない。何だかもの足りなくて、短い毛が囲むアヌスも舐める。そこもほんのり塩気がある程度だった。

「ああん、バカァ」

排泄口に舌を這わされても、返ってくるのはなまめかしい反応だ。淫らなことがしたくてたまらなくなっていたから、何をされても受け入れるのだろう。

（いやらしすぎるよ、夢子さん）

幸広のほうが我慢できなくなる。股間のイチモツはがっちりと根を張り、そのくせ幾度も反り返って、下腹をぺちぺちと叩いた。すでに多量の先走りがこぼれているのが、下腹と亀頭の間に糸を引く感じからわかる。

「ねえ、オチンチン、オマンコに挿れたいんでしょ」

わかっているのよと言いたげに声をかけられ、反射的に女芯から顔を離す。返事をする余裕もなく立ちあがり、ふくらみきった肉槍の穂先で濡れ割れをこすった。

「ほらほら、早くぅ」

急かされて、腰を前に出す。温かく濡れた蜜窟が、引っかかりもなく牡のシンボルを迎え入れた。

「あああ、ふ、太いの来たぁ」

あられもないことを言い放ち、夢子が「うっ、ううっ」と呻く。こうなることを、ずっと待ちかねていた様子だ。内部がキツくすぼまり、うっとりした愉悦にまみれた幸広も、「おお」と声をあげた。

（なんだ、すごく気持ちいいぞ）

今日が二度目の交わりだ。体位もする場所も同じなのに、あいだを置いたためかやけに新鮮である。内部の感触も違う気がした。

たっぷりした尻肉を両手で掴む。勃起を出し挿れせずにいられない。くびれの段差で柔ヒダを掘り起こし、ヌチャヌチャと音が立つほどにかき回す。

「おおっ、お、うふふぅ」

夢子が低い喘ぎ声をこぼす。ふっくらした臀部を感電したみたいに痙攣させた。

(すごく感じてるぞ)

正直な反応を受け、腰づかいに熱が入る。

「うあ、あ、キモチいい。オマンコがジンジンするぅ」

気ぜわしいピストンで、いっそうはしたなく乱れる人妻を眺め、幸広は充実した快さにひたった。

3

「こちら、新発売のポークウインナーです。ご試食をどうぞ」

スーパーマーケットの一角、カットしたものをホットプレートで焼き、爪楊枝(つまようじ)を刺したウインナソーセージを手に、幸広はお客に愛想よく声をかけた。

時刻は午後三時過ぎ。夕飯の買い物をする客が増えてくる頃である。

ウインナーの焼けるいい匂いがするせいか、そばを通るお客の多くがこちらに顔を向ける。半分以上が試食に手をのばし、二割ほどが商品をカゴに入れてくれた。成果はまずまずというところか。

試食販売は、もっと若い頃に研修も兼ねてさせられた。その後は外回りや契約を取る仕事が多くなったから、ずいぶんと久しぶりである。

このスーパーへは、幸広が自ら営業をかけ、試食販売をやらせてもらうことになった。

飛ばされた身であっても、いちおう味の肉まるの社員だ。仕事もせずに遊んでいたら、ますます印象が悪くなる。それに、実績を上げれば、本社が呼び戻してくれるかもしれない。

前向きになれたのは、夢子の力になれたことが大きい。同時に、売れ行きの悪かった昔ながらのソーセージにも、活路を見出せたのだ。

チャーハンに使うと美味しいばかりではない。知り合いの居酒屋の店主があの味を気に入り、つまみに出すとも聞いた。狭い範囲とは言え、業界内でも好評のようだ。

行者町に来たときには、失恋した直後ということもあり、気持ちはかなり荒んでいた。なのに、仕事への意欲を取り戻せたのは、魅力的な人妻のおかげと言える。

（ありがとう、夢子さん——）

胸の内で礼を述べ、

「ご試食いかがですか」

張り切って声をかける幸広である。おかげで、予定していた試食のぶんが、早くもなくなりそうだ。

（もうちょっと多めに用意してもよかったかな）

けっこう売れたから、試食を増やしても損にはならない。むしろ買ってくれるお客が増えるだろう。

予想外にうまくいったと喜んでいると、

「ご苦労さま」

声をかけられ、幸広は振り返った。こちらに笑顔を見せていたのは、精肉と加工食品売り場の主任である神崎華代だ。

白いブラウスに黒のパンツというＯＬスタイルで、スーパーのユニフォームとも言えるオフホワイトのエプロンを着けている。売り場で仕事をしている途中なのだろう、紙を挟んだバインダーを持っていた。

「あ、ど、どうも」

緊張して声がうわずったのは、彼女の左手の薬指に結婚指輪が嵌まっていることと無関係ではあるまい。夢子とのめくるめく体験のおかげで、人妻というだけでどぎまぎしてしまうのだ。

もっとも、華代は夢子とは違ったタイプの女性だ。ひっつめ髪で眼鏡をかけた、いかにも生真面目（きまじめ）そうな容貌。まだ若いのに主任を務めていることからも、仕事のできる女性だとわかる。

とは言え、彼女の年齢を知っているわけではない。幸広よりは年上のようながら、肌が綺麗でシワも目立たないし、三十代の半ばぐらいではなかろうか。

それでも、主任としては若いほうだろう。わりあいに大きなスーパーだし、誰にでもできる仕事ではあるまい。社員ではなくパートで、勤めてまだ三年ぐらいだと聞いたから、要は能力を見込まれたのだ。

この試食販売をするに当たっても、華代と打ち合わせをして、細かく指示を受けている。ここまでしっかりした責任者は初めてだった。

意識せずとも緊張するのは、そのせいもあった。

「盛況でしたね。寺地さんのおかげで、売り場で足を止めるお客様も多かったですし、売上も上々のようですよ」

「ありがとうございます」

「可能でしたら、明日もお願いできますか？　一日だけよりも連続したほうが、お客様にも商品が強く印象づけられるはずですから」

「ええ、是非お願いいします」

当初の予定では一日のみで、様子を見て日数を延ばす場合もあると言われていたのである。つまり、お眼鏡に適(かな)ったということだ。

「ウチのほうとしても助かるんです。こういうちょっとしたイベントでも、お客様に喜んでいただけるので」

何もない町だから、試食販売程度でも娯楽になるのだろうか。思ったものの、この町の住人である華代には失礼かと黙っておいた。

「では、明日は商品のほうも多めに用意しておきます」

「そうしてださい。売り場のスペースも、若干広めにしますね」

「ありがとうございます。助かります」

「いえ、お互い様ですから。じゃあ、あと少しですね。頑張ってください」

華代がその場を離れる。後ろ姿を見送った幸広は、エプロンでは隠しきれないバックスタイル、特に黒いパンツが包む女らしいヒップを目にして、胸を高鳴らせた。

（神崎さんも、いいおしりをしてるんだな）

大きさは夢子ほどではない。だが、堅い印象を与える身なりでありながら、ぴっちりと張りついた布が綺麗な丸みを強調している。加えて、下着のラインまで浮かせているのは、たまらなくセクシーだ。

（……おれ、前から女性のおしりが好きだったっけ？）

ふと疑問が湧く。まったく興味がなかったわけではないが、尻よりはおっぱいに目を惹かれることが多かったはずだ。

なのに、またも人妻のヒップに心を奪われているのは、夢子の豊臀の虜となり、趣味が変わったためなのか。

（それとも、エプロンのせいかな？）

胸元がガードされるため、どうしても視線は下半身へと向けられる。それに、夢子も華代も、少なくとも着衣では胸のふくらみが目立つほうではない。

要するに、より魅力的なパーツに惹かれるという、単純な話なのだ。そう結論づけたところで、

(あれ?)

幸広は不審な動きを見せるお客を発見した。

年は七十代、いや、もっと上だろうか。高齢の女性客である。幸広の位置からは平行に並んだ商品棚のあいだが見通せるのだが、わりあい離れたところにいた。そのため、向こうはこちらの視線に気がつかないらしい。

彼女は店内で使うカートを押していたのに、カゴが載っていなかった。そのまま商品をカートに置いたら、隙間が大きいからほとんどのものは落ちてしまうだろう。あるいは誰かと一緒に来ており、買い物はそっちに任せているのか。だからカゴを使わず、店内を回っているだけなのかもと考えたとき、老女が棚の商品を手に取った。それを無造作に、カートに掛けていた手提げ袋に入れたのだ。

(あ、万引き!)

見間違いかとも思ったが、そうではなかった。彼女は続けて二点ほどの商品を、手提げ袋の中にすべり込ませたのである。迷いのない手つきからして、かなり慣れていると見える。

従業員に知らせなければと、幸広は周囲を見回した。と、華代がバインダーを手に、精肉コーナーをチェックしている。彼女が最も近い。

「神崎さん――」

万引き犯に悟られないよう、声を落として呼ぶ。一度目は聞こえなかったようだが、二度目でこちらを向いてくれた。

「こっちに来てください」

掠れ声ながら、口を大きく開けて言ったので、伝わったようだ。

「どうかなさったんですか？」

彼女が怪訝な面持ちで目の前に着たところで、老女のほうを指差す。

「あそこ……万引きです」

「え？」

棚のあいだの通路を見るなり、人妻主任の顔色が変わった。

「まあ、また――」

理知的な美貌を歪め、老女のほうにつかつかと歩み寄る。

（え、また？）

華代のやるせなさげな面差しからして、常習なのか。

彼女は老女のそばに行き、声をかけた。やりとりは聞こえないが、特に言い争う様子はない。

程なく、老女は華代に連れられ、その場から移動した。おそらく事務所あたりで話をするのだろう。

(少しも悪びれない感じだったし、やっぱり常習みたいだな)

高齢者の万引きは、けっこう多いと聞く。生活苦からというのもあるようだが、あの老女は何をしたのかすらわかっていないふうに、きょとんとしていた。もしかしたら認知症かもしれない。

それから二十分ほどで試食販売が終わり、幸広は片付けをしてバックヤードに向かった。従業員用のドアから入るとき、奥からあの老女と、恰幅のいいスーツ姿の中年男性が一緒に出てくるのとすれ違う。

(息子が迎えに来たのかな)

警察は呼ばなかったらしい。やはり認知症ということで、大目に見たのか。

だが、華代の様子からして、何度もこのスーパーで万引きをしていることが窺える。なのにお咎め無しで帰したら、懲りずにまたやりそうだ。

(ていうか、あの男ってどこかで……)

老婆を連れていた中年男性に見覚えがあった。広い町ではないし、どこかの店で顔を合わせたのだろうか。

バックヤードには、商品の倉庫の他に三部屋ある。パートなど従業員の控え室兼更衣室と、社員や売り場主任らが仕事をするオフィス。もうひとつが、応接室を兼ねた支店長室だ。

その中で幸広が入ったのは、オフィスと支店長室のみである。最初に主任の華代と話をして、そのあと支店長にも挨拶をした。もうひとつが従業員控え室だというのは、華代に教えられたのである。

無事に終わったので、試食販売をさせてもらったお礼と挨拶のために、幸広は支店長室のドアをノックしようとした。そのとき、

「これ以上話すことはない。下がりなさい！」

中から大きな声が聞こえてドキッとする。

（え、なんだ？）

聞き覚えがある声の主は、間違いなく支店長だ。誰かを叱責しているようである。

思わず後ずさると、ドアが開いて誰かが出てきた。

「失礼します」

頭を下げ、悲しみとも怒りともつかない強ばった声音で退出の挨拶をしたのは、華代であった。彼女は幸広に気がつくと、うろたえたように視線をはずし、そそくさと

オフィスに入った。

(……何かあったのかな?)

若くして主任を務めるぐらいである。しっかりした印象そのままに、仕事ができるひとなのは間違いない。最初に挨拶をしたときも、支店長が華代に全幅の信頼を置いているのが窺えた。

その彼女が叱られるなんて、とても信じられない。とりあえず支店長室に入ったのは、何があったのかを確認するためもあった。

ところが、彼は上機嫌で幸広を迎えてくれる。たった今大きな声を出したのが嘘のよう。あるいは聞き間違いだったのか。

幸広は狐につままれた気分で支店長室を出て、オフィスのドアをノックした。華代と明日の件で話をするために。

「ああ、お疲れさまでした」

オフィスには華代だけであった。すでにエプロンをはずし、白いブラウスに黒いパンツという装い。バッグに書類らしきものを入れ、これから帰宅するところらしい。

「お世話になりました。あの、明日の件なんですが——」

幸広の問いかけを遮り、彼女が質問する。

「寺地さん、このあと空いてる？」

「え？　ああ、はい」

いきなりで戸惑いつつもうなずくと、人妻がニッコリ笑う。

「じゃあ、付き合ってくれない。明日の打ち合わせも兼ねて」

「はあ」

「試食販売成功のお祝いにご馳走するわ。それに、ちょっと飲みたい気分なの。ね、いいでしょ？」

誘いが強引だったのは間違いない。だが、甘えた声音で、しかも言葉遣いがくだけたものになったために、華代が妙に愛らしかったのだ。生真面目な印象とのギャップもあって、いっそう魅力的に映った。

だからこそ、唐突な提案を承諾したのである。

4

帰り支度をしたあとで、華代は店舗に立ち寄った。アルコール飲料や惣菜をレジ袋ふたつぶんも購入し、「じゃあ、行きましょ」と幸広を促す。

てっきり、どこかの居酒屋へ行くのだと思っていた。どうやら自宅で飲み会を開催するつもりらしい。

ところが、彼女の足が向かう先に出張所があることに気がつき、もしやと訝る。

(ひょっとして、神崎さんの家じゃなくておれのところで？)

名刺を渡したから、出張所の入っているビルはわかるはず。実際、華代は少しも迷いなくそこへ入った。

「あの、ウチの出張所で飲むんですか？」

エレベータの前で訊ねると、彼女が小首をかしげる。

「そうだけど？」

どうしてそんなことを訊くのかわからないという顔をされ、何も言えなくなる。

「出張所っていうか、寺地君の住まいでもあるんでしょ」

そのことは、最初の打ち合わせのときに話してあった。今後も取引を続けたいから、先方に親しみを持ってもらうためにもプライベートを打ち明けたほうがいい。営業の鉄則である。

「ええ、はい」

「だったらちょうどいいわ」

何がちょうどいいのか、よくわからない。

(まあ、神崎さんのお宅にお邪魔するわけにはいかないか)

マンションか一戸建てかは知らないが、夫婦の住まいに男を引っ張り込むのはまずい。居酒屋に入らないのも、男とふたりでいるのを知り合いに目撃され、誤解されたくなかったためかもしれない。小さな町ゆえ、噂はすぐに広まるだろうから。

(ていうか、おれのことを『寺地君』って……)

親しみを込めた呼び方にもどぎまぎする。ここまでずっとリードしているし、あるいは弟みたいに感じているのか。

四階のフロアにあがって中に入ると、華代は感心した面持ちで事務所を眺めた。

「ふうん、けっこう綺麗にしているのね」

不要なものをすべて処分し、隅々まで掃除したのである。こんなふうにプライベートで異性を迎えることを想定したわけではない。暇だったのと、営業の打ち合わせに使うこともあるだろうと考えてのことだ。宿直室も当初の予定どおりに畳を替えて、蒲団も新しくしてある。

応接セットのテーブルに、飲み物と食べ物を並べる。華代は紙皿と割り箸も買っていた。

「グラスってある？」

「いえ、ないです」

「じゃあ、缶のままでいいわね」

応接セットにはソファーと、はす向かいにひとり掛けの椅子もある。幸広はひとり掛けに坐ろうとしたのであるが、

「ほら、こっち」

先にソファーに腰をおろした華代が、隣をポンポンと叩く。そのため、ふたりで並ぶことになった。

「じゃ、乾杯」

彼女がプルタブを開けた缶ビールを掲げる。幸広も慌てて一本選び、「お、お疲れさまです」と缶を軽くぶつけた。

んくんくと喉を鳴らし、缶ビールを傾ける人妻。ロング缶の半分近くも空けたのではあるまいか、「ぷはー」と大きく息をつき、白い歯をこぼした。

「ああ、美味しい」

チャーミングな笑顔に、心臓の鼓動が大きくなる。華代も夢子と同じ人妻なのだと、この場に関係ないことまで思い出して、ますます落ち着かなくなった。

とにかく冷静になれとビールを含んだものの、華代から漂う甘い香りに今さら気がついてうろたえる。香水などの人工的なものではなく、働いて汗をかいた女体が放つ、素のかぐわしさに違いなかった。

そんなものを嗅いだら、もうひとりの人妻との交歓を思い出して、ますます意識してしまう。白いブラウスに、紅色のブラジャーが薄らと透けていることにも気がつき、目のやり場にも困った。

「ところで、支店長から何か言われたんですか？」

動揺を悟られないようにと、気になっていたことを質問する。途端に、華代の表情が曇った。

（あれ、まずかったかな？）

悔やんでも、後の祭りである。

「……あの万引きをしたご婦人」

やりきれないという口振りで、彼女が話し出す。

「実はもう何回も、ウチのスーパーで同じことをしてるの」

常習だというのは、あのときの華代の反応から察しがついていた。幸広は無言でうなずいた。

「だけど、一度も警察には届けてないのよ」

「え、どうしてですか？」

「支店長の指示で。あのご婦人、町会議員のお母さんで、認知症の気があるみたい。だったら治療するなり施設に預けるなりすればいいのに、息子が何も対処しないの。選挙民に体裁が悪いからって」

万引きの老女を連れ帰った男のことを、幸広は思い出した。

（町会議員……あ、そうか）

見覚えがあったのは、その議員が所属する保守政党の広報ポスターに、顔写真が載っていたからだ。

「支店長は議員の支持者だから、言われるがままなの。だいたいは今日みたいに見つかって、未遂で終わるんだけど、咎められずに店を出た場合は、あとで代金を支払うってことで話が通ってるみたい」

「なるほど」

「だから、ウチのスーパーに損害はないとも言えるんだけど、このままでいいはずがないわ。あそこは万引きをしても通報されないなんて間違った噂が流れても困るし、あのご婦人にとってもよくないじゃない。誰かに見られたら、それこそ体裁どころの話じゃなくなるし、認知症ならそのままにしておかないで、治療を試みるべきだと思うの。今はいい薬もあるって聞くし。それに、施設に入って仲間ができれば、気が紛れて万引きなんかしなくなるんじゃないかしら」

その意見には、幸広は全面的に賛成だった。

「ええ、そうすべきだと思います」

「でしょ？　だから、わたしも支店長に言ったの。このままじゃよくないって。そしたら、余計な口を出すなって撥ねつけられて、部屋を追い出されたってわけ」

華代がやれやれと肩をすくめる。

「まったく、これだから田舎は嫌なのよ。権力者と経営者がべったりで、自分たちの体面や利益しか考えないから」

それは田舎に限らず、日本全国どこでも似たようなものだろう。ただ、地方の方がよりあからさまかもしれない。

「わたしも支店長に楯突いたから、主任を辞めさせられるかもね」

自虐的な笑みを浮かべた華代に、幸広は「まさか」と首を横に振った。そんなことで有能な彼女の任を解くようなら、あのスーパーに未来はない。

（そうか……こんな席を設けたのは、嫌なことがあったからなんだな）

わからず屋の支店長と、親を大事にしないスカタン議員に腹が立ち、飲まずにいられなくなったのだ。だが、そればかりが理由ではなかったらしい。

「こういうのを、内憂外患っていうのかしら」

やり切れない面差しで缶ビールに口をつけた人妻に、幸広は（え？）となった。

「あの、内憂って？」

「無理解な男がいるのは職場だけじゃなくて、家庭も同じってこと」

それはつまり、夫のことを言っているのか。

「本当は、わたしの家で飲んでもよかったのよ。どうせダンナは泊まりがけの出張で留守なんだし。でも、それだと寺地君が気詰まりでしょ。わたしも解放された気分にならないから、ここにお邪魔させてもらったの」

「つまり、神崎さんは旦那さんにも不満があるってことなんですか？」

ストレートな質問をしてしまい、（しまった）と口をつぐむ。けれど、華代は少しも気分を害することなく、

「そのとおりよ。大正解。まったく、ウチのダンナときたら」

忌まいま忌いましげに眉間のシワを深くし、とうとうロング缶を一本開けてしまった。次の缶を手に取り、プシュッと小気味よい音を立てて開栓する。

「夫が妻の仕事に理解がないなんて、どこんチも同じだろうけど、家のことを何もしないのも、本当に腹が立つわ。男なんて、家事は掃除と洗濯と炊事だけだと思ってるんだもの。その他にも色んな手続きやら振込やら届け出やらがあって、処理しなくちゃいけない書類もあれこれ送られてくるのに、全部妻まかせで目を通そうとさえしないのよ。おれは仕事で疲れてるからって。わたしだって疲れてるのに」

吐き捨てるように言って、華代がビールを喉に流し込む。これはかなり荒れそうだなと、幸広は不安を覚えた。

「そのくせ、早く子供を作ろうなんて軽く言ってくれちゃって。わたしだって三十四だし、あとがないことぐらいわかってるわよ。だけど、子育てまで全部押しつけられたら、わたしはマジで過労死するわ。ううん、精神的にも病んじゃう」

憤慨をあらわにする彼女に同情しつつも、幸広はさらりと口にされた年齢に意識が向いた。三十代の半ばぐらいという見立ては間違っていなかったのだ。

するど、華代が何かを思い出したふうにこちらを見つめ、首をかしげる。

「寺地君っていくつ？」

「あ――三十二です」

「やっぱりわたしより若いのね」

年下だと思ったからこそ、ふたりのときの言葉遣いや態度を改めたようだ。

彼女はビールをテーブルに置き、眼鏡を外してひっつめ髪を解いた。お堅い印象がなくなり、女性らしい色香が増す。

(何だか別人みたいだ……)

女性は化ける生き物だと、どこかで読んだ一節を思い出して納得する。

「あのね、すぐに子作りをする気にはならないけど、アレは嫌いじゃないの」

やけに艶めいた眼差しを向けられ、幸広は身を堅くした。童貞少年が年上の女性に誘惑されるみたいな、畏れと甘美が綯い交ぜになった気分に陥ったのだ。

「あ、アレって?」

「セックス」

これ以上はないストレートな返答に、喉がコクッと音を立てる。それが聞こえたのか、人妻の目が嬉しそうに細まった。

「ウチのダンナ、子作りをしたがるくせに、いざとなったら元気がなくなることも多いの。まあ、四十近いから仕方ないんだけど」

「か、神崎さん、あの」

「華代って呼んで」

しなやかな指が、いつの間にか股間に迫っていたことに、幸広は気がつかなかった。そのため、敏感な部位をズボン越しに握られるなり、腰をガクンと跳ねあげる。

「あぁっ！」

電撃に似た愉悦が、体幹を貫いた。

「ふふ、もうふくらんでたのね」

言われて、幸広は俄(にわか)には信じられなかった。印象が百八十度変わった美貌の人妻に、心を奪われたのは確かながら、性的な昂りとは別物だったからである。

だが、揉むようにしごかれる分身がたちまち力を漲らせたことで、無意識に欲情していたのだと悟る。彼女の愛撫が快かったのは確かながら、それだけで急激なエレクトは望めない。その気になっていたからこそ、反応が早かったのである。

「すごいわ。こんなにタッちゃった」

武骨なテントの頂上を、しなやかな指がくるくると撫でる。焦らすようなタッチに情欲を煽られ、牡器官が雄々しくしゃくりあげた。

「苦しそうね。楽にしてあげる」

ズボンのベルトを弛められ、幸広が缶ビールに口をつけたのは、どうすればいいのかわからなかったからだ。いっそ、酔った上での過(あやま)ちにしてしまえと、そんな意識も働いたようである。

もっとも、降って湧いた淫らな状況を受け入れられたのは、夢子と関係を持ったおかげもあったろう。

(この町の人妻は、みんなセックスに飢えているのかも)

失礼な偏見を抱きつつ、幸広はされるがままになっていた。

「おしりを上げて」

指示に従い、腰を浮かせる。その前に、さすがに飲んでいられなくなって、ビールの缶をテーブルに置いた。アルコールではなく、年上の美女に酔わされていたのだ。

ズボンとブリーフをまとめて脱がされる。ゴムに引っかかった強ばりが、ぶるんと勢いよく反り返った。

「元気ねえ。オチンチンは二十代で通用するわよ」

笑顔でからかわれても、不思議と恥ずかしくなかった。剛直を見つめる華代の目に、驚嘆と劣情の輝きを認めたからだ。

(華代さん、かなりチンポが好きみたいだぞ)

セックスをするための、快楽を得るための道具としてではなく、男性器そのものに愛着を抱いている気がする。だからこそ、男の下半身をあらわにさせることに、躊躇しなかったのだ。

事実、蒸れた匂いを放ち、汗でベタつく肉根に、平気で指を巻きつけたのだから。

「あああ、は、華代さんっ」

幸広はたまらず声を上げ、腰をブルッと震わせた。

「オチンチン、ビクビクしてるわよ。そんなにわたしの手が気持ちいいの？」

「は、はい」

「こんなに硬くなってくれるなんて、わたしも嬉しいわ」

匂いもベタつきも気にせずに、華代が硬棒をしごく。ソファーの上で横向きになると、手にしたものの真上に顔を伏せた。

（え⁉）

幸広は驚き、うろたえた。彼女がフェラチオをするのかと思ったのだ。

「……男のニオイがするわ」

うっとりした声音で報告され、頬が熱くなる。亀頭に温かな風が当たり、牡のあからさまな臭気を嗅がれたのだとわかった。

「だ、駄目です」

腰をよじってたしなめると、訝る目がこちらを見あげる。

「え、何がダメなの？」

「いや……そこ、汚れてますから」

「そんなことないわよ。チコウだって溜まってないし」

敏感なくびれ部分を指先でこすられ、目のくらむ快美に幸広は呻いた。

「だ、だけど」

「男なら、細かいことを気にしないの。それに、わたしはこのスルメみたいなニオイ、大好きなんだから」

それが嘘ではないふうに、鼻を鳴らして漂うものを吸い込む。幸広は居たたまれなかったものの、一方で打算が働いた。

（じゃあ、おれがアソコの匂いを嗅いでも、華代さんは拒めないってことだな）

彼女も仕事のあとで、その部分は正直すぎる秘臭を溜め込んでいるはずだ。いったいどんな匂いなのか。想像するだけでわくわくした。

（おれ、匂いフェチでもなかったのにな）

これも夢子との行為で、そういう趣味を植えつけられたのだ。いや、自ら育んだというべきか。

ともあれ、華代が膨張した亀頭を口に含み、ピチャピチャと舌を躍らせても、幸広は抵抗しなかった。申し訳なかったのは確かながら、自分も彼女に同じことができるのだと考え、罪悪感が薄らぐ。

何よりも、たまらなく気持ちよかったのだ。

（うう、チンポが溶けそうだ）

もちろん、本当に溶けるわけがない。そう思えるほどに、快感が著（いちじる）しかった。舌先が快感ポイントを的確に捉え、くすぐるように舐めてくれたおかげで。

フェラチオは夢子にもされた。彼女も人妻であるが、テクニックは華代のほうが上である。単純に年上だからというより、経験の差がありそうだ。

最初の印象は生真面目な女性であったが、実は何本もの男性器を知っているのだろうか。さりとて、そんなことを質問するのは失礼だと、与えられる悦びに体躯を震わせていると、

「ふう」

顔を上げ、華代がひと息つく。牡の生々しい味と匂いを堪能し、満足しきった面持ちだ。

「これだけ硬いと、おしゃぶりのし甲斐があるわ」

淫蕩に目を細めた人妻が、白い歯をこぼす。

「ウチのダンナ、ここまでしてもボッキしないことがあるのよ」

あからさまな発言に耳を火照らせつつ、幸広は今し方の邪推を改めた。

(たくさんの男を相手にしてきたわけじゃなくて、旦那さん相手に奮闘したから、テクニックに磨きがかかったのかも)

こうして親しい間柄になったひとなのだ。単なる男好きとは思いたくなかった。

ただ、見た目に寄らず肉食系なのは間違いあるまい。だから肉を売っている自分が食べられるのか。

くだらないことを考えたとき、華代が屹立(きつりつ)の根元を強く握った。

「こんなに元気なんだし、一度出して終わりってことはないでしょ」

質問ではなく、決めつけの口調。そのつもりではあったが、さすがにうなずくのは浅ましいとためらわれた。

すると、返事を待つことなく、彼女が再び顔を伏せる。

「挿れてすぐに出しちゃっても面白くないし、一度イッてスッキリしなさい」

猛(たけ)る秘茎に向かって声をかけ、口に含む。舌を絡みつけてチュッと吸い、華代が頭を上下させた。しかも、口許をキュッとすぼめて。

「ああ、ああ、あああ」

刺激がいっそう強くなり、幸広はのけ反って声を上げた。それは明らかに、頂上へ向かわせるための口淫奉仕であった。

（このまま口に出させるつもりなのか？）

華代はんくんくと喉を鳴らし、早くもザーメンを迎え入れる準備をしているかのよう。それにも増して、彼女がペニスを咥える前に言ったことが、期待と劣情を高めていた。

（華代さん、最後までする気なんだ）

挿入してすぐに出したら面白くないと、はっきり口にしたのである。つまり、舌を絡みつけているモノを、自身の中に迎え入れるつもりなのだ。

幸広もそのつもりでいたけれど、彼女の意志がはっきりして、嬉しくてたまらない。早く挿れたいと、分身も急かすみたいに脈打った。

その昂りが、早々にオルガスムスを招いたようである。

（あ、いく――――）

全身に歓喜のわななきが広がる。頭の中で光が瞬く感覚があった。

「で、出ます」

華代も察しているに違いないのに予告したのは、口をはずすタイミングを与えるためである。洗っていない性器をしゃぶられたばかりか、口内発射まで遂げるのは心苦しい。

ところが、彼女は幸広の声かけをきっかけに、いっそう激しく頭を振り立てた。

「あ、あ、あ」

鼠蹊部が甘く痺れ、もはや爆発を回避するのは不可能。カウントダウンが一桁の数字から始まった。

「ううう、ほ、ほんとに出ます」

声を震わせ、ハッハッと息をはずませる。いちおう忍耐を呼び覚まそうとしたものの、陰囊をさすられて諦めた。くすぐったい快さが、オルガスムスの快感を押しあげたのだ。

「むふっ」

太い鼻息をこぼして射精する。蕩けるような愉悦を伴って、熱い固まりが尿道を幾度も通過した。

(ああ、すごく出てる……)

もっと出しなさいと促すように、人妻が牡の急所をモミモミする。強烈な絶頂感に目がくらみ、幸広はソファーの背もたれにからだをあずけた。あとは瀕死のケモノのごとく、からだのあちこちを痙攣させる。

チュウッ――。

最後に強く吸われて、駄目押しの快感に腰が浮きあがる。体内のエキスをすべて奪われた心持ちであった。

(……こんなに出しちゃったら、二回目は無理かも)

事実、牡器官は急速に力を失いつつあったのだ。

華代が顔を上げる。濡れた唇の端から、白い粘液が今にも滴りそうになっていた。

「あ、ティッシュを」

気怠さにまみれつつ、テーブルにあったボックスに手をのばす。けれど、それを渡す前に、彼女は天井を見あげて白い喉を上下させた。

「はあー」

ひと息ついた人妻は、仕事をやり遂げたという充実感に溢れた表情を見せた。

「飲んじゃった。すごく濃くて美味しかったわよ」

喉のあたりに粘り気が残ったのか、缶ビールを手に取ってコクコクと流し込む。そして、

「飲み会の続きはあとでいいでしょ」

色っぽい目で見つめてきた。今の続きをするつもりなのだ。

「は、はい」

「冷蔵庫ある？」

「あ、そこに」

事務所に据え付けられた小さな冷蔵庫に、華代が飲み物と惣菜をしまう。その間、幸広はフルチンのまま、馬鹿みたいにボーッとしていた。絶頂の余韻が後を引いていたのである。

「ここで寝泊まりしてるって話だったけど、寝る部屋は？」

「そっちです」

宿直室に続くドアを指差すと、彼女が口許をほころばせる。

「じゃ、そっちでゆっくり愉しみましょ」

第二ラウンドの宣言に、幸広は浅ましくナマ唾を飲んだ。

第三章　食べごろ美女はバツイチ

1

「へえ、けっこう綺麗じゃない」

　幸広が寝泊まりしている部屋を眺め、華代がさっきと似たような批評をした。新しい畳の蒼(あお)い匂いに気がついたか、小鼻をふくらませる。

　万年床ではなく、蒲団は押入にしまってある。室内には寝転がって休むために、三つ折りのマットレスが端に置いてあるだけだ。

「お風呂とかは？」

「そっちに出て、左側にシャワー室があるんです。あと、トイレも」

　事務所に出入りするのとは別のドアを示すと、彼女は「そう」とうなずいた。続いて、ブラウスのボタンを外しだす。

（え？）

幸広の目の前で、華代が着ていたものをすべて脱ぐ。一糸まとわぬ裸身を、年下の男に見せつけるみたいに晒した。

下半身のみすっぽんぽんの幸広は、気圧されるように彼女を見つめた。

着衣では目立たなかったが、出るところの出た女らしいプロポーションである。下腹こそ幾ぶんふっくらしていても、年齢のわりに贅肉は少ないのではないか。

「それじゃ、お蒲団を敷いておいてね」

言い置いて、人妻がドアから出て行く。シャワーを浴びるつもりなのだ。ぷりぷりとはずむ熟れた臀部を見送ってから、

（……あ、しまった！）

幸広は己の失態に気がついた。仕事のあとの陰部にこもる、生々しい匂いを嗅ぐつもりでいたのに。シャワーで洗ったら、すべて消えてしまうではないか。

慌てて腰を浮かせかけたものの、もはやどうすることもできない。諦めるしかなかった。

仮に華代がシャワーを浴びる前だったとしても、洗う前に匂いを嗅がせてほしいな

んてお願いを、承知してくれるとは思えない。変態扱いされるか、最悪、そんな男とはセックスできないと、逃げられる可能性だってある。

彼女だって、牡のあからさまな体臭を堪能したのである。けれど、男と女は違うと言われたらそれまでだ。夢子だって秘部を舐めさせてくれたものの、あとでくさいのが好きなのかとなじったぐらいなのだから。

これが行為の流れの上だったら、それこそ夢子のときと同じく、強引に迫ることもできた。華代もしょうがないと諦めたのではないか。

ところが、一度インターバルを置いたことで、欲望のままに振る舞えなくなる。射精して、いくらか理性的になったためもあったろう。

しょうがないと諦め、幸広は三つ折りのマットレスを畳に敷いた。

と、華代の脱いだ衣類が目に入る。畳の上に乱雑に残されたそれらの、一番上にあったのはベージュのパンティだ。

面積も大きめで、いかにも普段穿きというふう。裾のレースも飾りではなく、パンティラインを目立たなくするための機能的なデザインとしか映らなかった。

だが、魅力的な人妻の熟れ腰を包んでいたものである。温もりが残っているだろうし、匂いも消えてはいまい。

だったら今のうちにと、幸広は肌色の薄物に手をのばした。

持ち主が戻る前に、必要なことを確認せねばならない。幸広はパンティを手早く裏返した。見たいのは、秘められた部分に密着していたところである。

クロッチの裏地は、白い綿布が縫いつけられている。細かな毛玉が目立つ中心には、縦方向にこすれたような黄ばみがあった。

(大人の女性でも、下着は汚れるんだな)

当たり前のことなのに、なぜだか不思議に思える。少年の頃、好きなアイドルがトイレに行くなんて信じられなかったのと似たような心境なのか。

一方で、分泌物が多量にこびりついているのが見たかったと、矛盾する願望も抱く。そんなものを目にしたら、きっと昂奮したに違いない。

(おれ、マジで変態になったのかも)

自分自身にあきれつつも、ほんのり湿ったクロッチを鼻に密着させる。深々と吸い込めば、チーズに似た淫靡な香りが鼻腔に流れ込んだ。

(これが華代さんの、アソコの匂い……)

夢子ほど荒々しくない。濡れた痕跡も少ないし、フェラチオで射精に導いたのに、それほど昂奮しなかったのか。

もっとも、本体はもっとドロドロになっていて、それが下着に染み込んでいなかっただけかもしれない。今となっては確かめようがないけれど。

（そんなに濡れないタイプなのかも）

女性はひとりひとり違うんだなと、脱ぎたてパンティの香りで真理を見極めた気になる。控え目なフレグランスでも劣情を煽られ、海綿体に血液が流れ込んだ。

そのとき、シャワー室のドアが開閉される音がする。

（あ、まずい）

幸広は急いでパンティを戻し、押入を開けた。敷き蒲団を出したところで、宿直室のドアが開く。

「あら、もう脱いでると思ったのに」

こちらを見て、華代が不満げな顔を見せる。すぐにでも始めたかったのにと言わんばかりに。

素っ裸の彼女は、肌に濡れた痕跡がなかった。陰毛だけが股間に張りついているから、そこだけ手早く洗ってきたらしい。どおりで戻りが早かったはずだ。

「いや、蒲団を──」

弁明しようとしたとき、華代の目が床の衣類に向けられる。訝るように眉をひそめたものだから、幸広は（まずい）とうろたえた。悪戯したのがバレたと思ったのだ。

しかし、そうではなかった。

「まったく、いい年してお行儀が悪いわね」

そう言って、脱ぎ捨てたものを手早くたたむ。気が急いていたとは言え、脱ぎっぱなしにしたのは大人としてみっともないと反省しただけらしい。

幸広はホッとして、とりあえず蒲団をマットレスの上に敷いた。シーツを整え、掛け布団もいるのかなと首をひねったところで、

「ほら、寺地君もさっさと脱ぎなさい」

華代がこちらに手を出してくる。半分手伝われるようなかたちで、すべて脱がされてしまった。

そのあと、彼女が蒲団に横たわる。両脚を掲げて膝を抱え、M字開脚になった。おしめを替えられる赤ん坊と同じ格好である。

当然ながら、恥ずかしいところがまる見えだ。

「じゃあ、今度は寺地君の番よ」

見せつけられた女芯から目を離せないまま、幸広は「何をするんですか？」と訊き返した。だが、さっきされたことと、大胆なポーズを合わせて考えれば、答えは自ず

と導き出せる。

「クンニして」

いい大人の女性から、そんなストレートなおねだりをされるなんて。だが、華代は少女みたいに目をキラキラさせており、心から望んでいるのがわかる。こんな顔は夫にも見せないのではないか。

（せっかくのチャンスだから、存分に愉しんでやれって感じだな）

だったら、男として期待に応えるべきだ。

三割がたふくらんだペニスをぷらぷらと揺らしながら、彼女の前で膝をつく。屈み込んで、ほのかにぬるい匂いをたち昇らせる中心に顔を寄せた。

シャワー室にはボディソープも置いてある。けれど、そういう人工的な香料は含まれていない。ただお湯で流しただけのようだ。

（早く舐めてもらいたかったんだな）

とりあえず汚れと匂いが落ちればいいと思ったのではないか。そこまで気が急いていたのなら、舐めて綺麗にしてあげると申し出ても、すんなりと受け入れたかもしれない。

未練を引きずりつつ、濡れた恥毛を指でかき分ける。口をつける前に、佇まいを見たかったのだ。

「あん」

肌に軽く指が触れただけで華代が喘ぎ、艶腰を震わせる。求める思いが強いぶん、陰部全体が感じやすくなっていると見える。

大陰唇はぷっくりと肉厚で、花びらのはみ出しは少ない。幸広が知る限りでは、色素の沈着も薄いほうだ。

ただ、合わせ目はじっとりと濡れている。こすると指がヌルヌルとすべったから、シャワーの名残ではない。

「あ、あ、いやぁ」

浮きあがったヒップがワナワナと震える。軽いタッチの愛撫でも、かなり感じている。これで敏感なところをねぶったら、いったいどうなるのだろう。

生真面目な印象が強かった人妻の、乱れるところが見てみたい。幸広のほうも我慢できなくなり、神秘の庭園にむしゃぶりついた。

「くううううぅぅー」

どこか苦しげな呻き声が耳に入る。本当に苦しがっているのではなく、むしろ気持ちいいのだと、華代の次の言葉でわかった。

「も、もっとペロペロしてぇ」

駄々をこねるみたいに下半身をくねらせる美熟女。子供っぽい反応が愛(いと)おしく、幸広はクリトリスを探り当て、はじくように舐めた。

「あああ、そ、そこぉ」

お気に入りの場所であると、華代が高い声で白状する。ならばと一点集中で責め続けると、「うう、うっ」と一転低い呻きがこぼれた。

「き、キモチいい……ううう、オマンコがジンジンするぅ」

卑猥な言葉を口にして、喉を震わせる。肉体の深部で悦(よろこ)んでいる様子だ。

(こんなにいやらしいひとだったなんて)

若くして責任ある仕事を任される、真面目で機転の利く女性。だが、仕事同様に、セックスについてもできる女らしい。

気がつけば、粘つきを増したラブジュースが会陰(えいん)にまで滴っている。それを舌で掬いあげ、硬くなったクリトリスに塗り込めると、華代が歓喜にすすり泣いた。

「そ、それ、感じすぎちゃう」

反応は著しいものの、同じことだけ繰り返すのも芸がない。幸広は女芯の他の部分も舐めた。

大陰唇と小陰唇のあいだのミゾに舌を入れると、わずかな塩気があった。急いで洗ったために、そこには正直な味が残っていたようだ。

貴重な宝物を見つけた気分にひたり、尖らせた舌先で丹念にこする。彼女はくすぐったそうに身を縮め、フンフンと鼻息をこぼした。

「うう……そ、そんなところ舐められるの、初めて」

洗い残したぐらいだから、自分でもあまり触れないところなのか。普段は閉じられているし、ムズムズする感覚が強いのかもしれない。少年時代、剝きたての亀頭に触れたときに、思わず声が出てしまったみたいに。

ということは、ここもしっかり性感帯なのだ。

左右のミゾを、味がなくなるまで舐める。華代は身を震わせ、「くぅくぅ」と呻きどおしだった。

口をはずすと、花弁が腫れぼったくふくらんで、ハート型にほころんでいた。その狭間には、白く濁った愛液が溜まっている。牡を迎える準備は万端のようだ。

「ねえ……挿(い)れて」

彼女もすっかりその気のようだ。

幸広のほうは、クンニリングスに夢中になっていたせいで、分身は縮こまっていた。

再びエレクトするには、時間がかかるかもしれない。

射精させたのは華代だから、幸広に落ち度はない。ただ、男として腑甲斐ないのは事実であり、自分でなんとかしなければと思った。

（とりあえず、一度イカせてあげよう）

彼女が昇りつめるところを目にすれば、昂奮して勃起するかもしれない。それに、気持ちよくしてもらったお返しをしなければならないのだ。

幸広は秘核に吸いつくと、ラブジュースごとぢゅぢゅッと音を立てて吸った。

「あひぃいいいいっ！」

鋭い嬌声がほとばしる。膝を抱えたまま、華代が両脚をジタバタさせた。

「それ、強すぎるぅうう」

強すぎるというのは、激しく感じていると同意だ。つまり、このまま続ければいいのである。

敏感な肉芽を吸いねぶりながら、幸広は女芯に指も添えた。成熟した女体は、クリトリスへの刺激だけではもの足りない気がしたからだ。

溢れた蜜を絡め取り、心地よい柔穴へそろそろと埋没させる。最初に人差し指一本を小刻みに前後させると、

「おぅ、おほぉ」

華代は低く喘いだ。得ている愉悦をからだの奥から絞り出すみたいに。

彼女の内部ははっきりした粒立ちが多く、キュウキュウと締めつける感じもたまらない。ペニスを挿れたら、かなり気持ちいいはずだ。

そんなことを考えるだけで、海綿体に血液が流れ込む。

幸広は中指も加えて、二本の指で蜜穴を抉った。ちゅぷちゅぷと音が立つほどに攻め、秘核ねぶりも続ける。

「イヤイヤ、あ、あっ、ダメぇぇぇ」

華代はよがり泣きながらも、両膝をしっかりと抱えたままだ。もっとしてほしいのは明らかで、貪欲に快楽を求める姿がいじらしい。

だからこそ幸広も、もっと感じさせたいという心持ちになった。

(こうしたらどうかな)

指の向きを反対にして、膣の天井側を探る。盛りあがって粒立ちがなく、ツルツルしたところがあった。

(ここがあれだな)

女性の体内にはGスポットという場所があるのは知っていた。だが、これまでそこを意識して愛撫したことはない。

どうなるのかと興味を惹かれつつ、本やネットで学んだとおりに、少し強めに刺激する。途端に、

「ダメぇぇぇぇぇえっ！」

盛大な悲鳴が宿直室に反響する。とうとう余裕をなくしたらしく、華代は抱えていた膝を離した。幸広の背中に、彼女の足が投げ出される。

プシャッ――。

顎のあたりに飛沫を感じ、幸広はクリトリスから口をはずした。透明な液体が、膣に指を挿れたほうの手を濡らしていた。

（これって潮？）

匂いがしないから尿ではない。粘り気がなくサラサラしている。

華代が胸を大きく上下させ、深い呼吸を繰り返す。目も虚ろだ。絶頂したというより、何らかの衝撃を受けて混乱しているふう。

「ふはっ、ハッ、はふ」

さらに指を動かして、彼女を乱れさせたくなる。だが、無茶をして人事不省に陥らせてもまずい。夫のいる女性を相手にしているのであり、面倒なことは避けねばなら

なかった。

二本の指を膣から抜く。華代の呼吸が落ち着くのを待って、「大丈夫ですか？」と声をかけた。

「……ええ」

ぼんやりした面持ちで、彼女が答える。ひと息ついて、のろのろと身を起こした。

「……わたし、どうしちゃったの？」

自身に何が起こったのか、わかっていないようだ。

「たぶん、潮を噴いたんだと思います」

「シオ……ああ」

知識はあったようで、なるほどという顔を見せる。「だったら初めてだわ」と、つぶやくように言った。

改めて確認すると、シーツに大きめのシミができていた。思ったよりも多量に噴いたらしい。オシッコとは違うから、乾けば痕跡はなくなるだろう。

「じゃあ、今度は寺地君が寝て」

「え？」

「寺地君のクンニ、すっごくキモチよかったわ。潮まで噴かせてくれたお礼に、あとはわたしが全部してあげる」

何をされるのか理解しないまま、促されてシーツに横たわる。潮のシミをよけて仰向けになると、華代が腰に跨がってきた。騎乗位で交わるつもりなのだ。

（あ、だけどチンポはまだ――）

さっきまで元気がなかったのを思い出して、頭をもたげる。だが、人妻のあられもない反応と潮吹きで昂り、八割がたの膨張を遂げていた。

「うふ、大きくなってる」

完全体ではない勃起に、しなやかな指が巻きつく。しごかれることで、さらなる血流が毛細血管に流れ込んだ。

「もうちょっとかな。でも、オマンコに挿れたら硬くなるわね、きっと」

またもはしたない言葉を口にして、上向きにしたものの真上に熟れ腰を移動させる。濡れ園に亀頭をこすりつけ、ヌルヌルと潤滑した。

「挿れるわよ」

生真面目な面持ちを見せ、華代がからだを下げる。たっぷりと濡れていた蜜窟に、牡器官がぬるりと呑み込まれた。

「あふぅ」

坐り込んだ彼女が、白い喉を見せて喘ぐ。女体の重みを受け止めた幸広も、うっとりした快(こころよ)さにひたった。

(ああ、入った)

この町に来てふたり目の女性。そして、ふたり目の人妻だ。恋人と別れたのを不憫(ふびん)がるみたいに、彼女たちは欲望を受け止めてくれる。

行者町に来てよかったなと思ったとき、華代がそろそろと腰を浮かせる。再び戻すのを繰り返し、濡れた狭穴で屹立を摩擦した。

「あうう」

よりくっきりした快感を浴びて、たまらず声を上げる。すると、華代が嬉しそうに目を細めた。

「オチンチン、またカチカチになったわ」

膣内で分身が脈打つのを、幸広も感じていた。

「じゃあ、いっぱい気持ちよくしてあげる」

彼女は腰を前後に振り、続いて回すように動かした。意識してなのか内部をすぼめ、特に入り口部分の締めつけが著しい。

「うう、は、華代さん」

悦びに息をはずませると、年上の女は白い歯をこぼした。

「うっとりした顔しちゃって」

そういう彼女も、表情が艶っぽく輝いている。頬も赤らんでおり、そのくせ股間にのっかる尻肉はひんやりしていた。

「じゃあ、こういうのはどう？」

華代が前屈みになり、両手を幸広の脇につく。腰をリズミカルに上げ下げし、せわしない逆ピストンを繰り出した。

「うう、き、気持ちいいです」

「もっとよくなって」

彼女はいかにも余裕たっぷりの様子ながら、それは年下の男を翻弄(ほんろう)するためだけではなかったろう。自身の快感も追い求めていたはずだ。

その証拠に、息づかいが荒くなってきた。

「あん、あ……き、キモチいい」

悦びを口にして、面差しが淫らに蕩(とろ)ける。腰づかいも心なしかねっとりした動きになってきた。

「あうう、お、オチンチン、いいところに当たってるぅ」

あられもないことを口走り、たわわな臀部を牡の股間に叩きつける。パッパッと高い音が響き、時おりヌチャッと卑猥な粘つきが混じった。

(すごいな、華代さん)

激しい交わりに、幸広は圧倒されていた。騎乗位の宿命とは言え、自分は何もできないのがもどかしい。ただ与えられる快感に酔うしかないのか。

そのとき、目の前でたぷたぷとはずむ乳房が目に入る。ずっと見ていたはずなのに、下半身の感覚にばかり気を取られて、ほとんど意識していなかったようだ。

大きめの乳暈（にゅううん）は淡いワイン色で、中心の突起はやや陥没気味である。子供ができておっぱいを吸われたら、しっかりと存在感を増すのだろうか。

幸広は手をのばし、左右の突起を両手で同時に摘まんだ。

「あふン」

華代が色めいた喘ぎをこぼす。腰を忙しくはずませながらも、上半身をくねらせた。

「やあん、エッチ」

これだけいやらしいことをしておきながら、乳首を摘まれただけでてエッチだなんて。価値観がおかしいぞとあきれつつ、幸広は幾ぶん頼りない乳頭をくにくにと揉み転がした。

「ああ、あ、おっぱいダメぇ」

など言いながら、艶を帯びた声は新たな愛撫を歓迎している。蜜穴の締めつけも強くなった。上半身の快感が、下半身に影響をもたらしたのか。

ならばと、ふたつの突起をしつこく転がす。頼りなかったものが硬くなり、乳肉に沈んでいた部分も姿を現した。

それにより、感覚も鋭くなったらしい。

「やん、だ、ダメ……おかしくなっちゃう」

フンフンと鼻息をこぼし、口許もだらしなく緩める。今にもヨダレが垂れそうに。

初対面のキリッとした印象が嘘のよう。今は快楽に溺れるひとりの女であった。

(あんなに真面目そうなひとだったのに)

だが、ありのままの姿をさらけ出したほうが、ずっと魅力的だ。

もっと感じさせたいという思いから、腰を突きあげる。上に乗られているからわずかな動きであったが、

「きゃふぅうううっ!」

人妻が甲高い声を放ち、嬉しくなる。彼女の動きに合わせて、なおも小刻みなピストンを繰り出していると、

「だ、ダメ……イッちゃう」

成熟した裸身が歓喜の極みへ至った。

「ああ、あ、イクッ、イク、いやぁああああっ！」

華代を取り逃さぬよう、乳首を解放して腰をがっちりと掴む。深く杭打ったまま、腰に乗った彼女を揺り動かした。

「くはっ、あっ、あああ、ダメ、死んじゃう」

オルガスムスにひたる女体をなおも責め苛(さいな)み、最高の悦びを味わわせる。すると、結合部から透明な液体がほとばしった。

(え、潮?)

さっき噴いたものと同じようだ。特にGスポットを刺激していなかったが、一度噴いたあとだから、肉体が反応しやすくなっていたのかもしれない。

「おふぅ……」

脱力した華代が倒れ込む。幸広に身を重ね、縋(すが)るように唇を重ねてきた。

(――おれ、華代さんとキスしてる)

ようやく気がついたのは、彼女の舌が口内に侵入し、あちこち舐め回されたあとだった。人妻を絶頂させた感激と余韻にひたっていたため、何をしているのか自覚していなかったのだ。

からだが熱くなる。フェラチオにクンニリングス、セックスとひととおりこなしたあとなのに、くちづけで頭がクラクラするほどに昂奮する。

考えてみれば、夢子とは二回逢い引きをしたのに、まだキスをしていない。バックスタイルで貫くことが主で、唇を重ねられなかったのだ。

それに、彼女も求めてこなかった。肉体を交わしても夫がいる身ゆえ、唇だけは操を守ったのか。

なのに華代は、自らしてきたのである。

人妻とのくちづけは、セックスよりも背徳的だ。より脳に近いところで交わっているせいなのか。

ピチャピチャ……。

口許からこぼれる水音にも、神経が甘く痺れる。舌を深く絡ませ、甘い唾液をたっぷり飲まされることで、甘美な一体感を覚えた。

おかげで、満足を遂げていないペニスが、いっそう猛々しく脈打ったようだ。

「ふは——」

華代が唇をはずし、トロンとした目で見つめてくる。紅潮した頬が色っぽい。

「……寺地君のオチンチン、すっごく元気」

体内で暴れるのがわかるのだろう。

「華代さんのオマンコが気持ちいいからですよ」

こちらも卑猥な単語を用いると、彼女が「バカ」と睨んでくる。自分が言うのは平気なのに、言われると恥ずかしいのか。

「まだできるわよね」

「もちろんです」

「じゃあ、今度は寺地君が上になって」

体勢を入れ替え、正常位で繋がる。下になった華代は、なんだかか弱く見えた。

「いっぱいキモチよくしてね」

はにかんだおねだりにうなずいて、幸広は力強いブロウを繰り出した。

2

仕事とプライベートは正比例する。プライベートが充実すれば、仕事へのやる気がアップする。仕事がうまくいくと、私生活でもいいことがある。

幸広はそれを実感していた。

夢子の中華食堂で採用された昔ながらのソーセージは、彼女の父親が同業者に宣伝してくれたことで注文が増えた。華代のスーパーで試食販売をしたポークウインナーは、お客に好評だったことからレギュラー商品として置いてもらえることになった。

彼女たち——ふたりの人妻との関係も続いている。下半身ライフも順調だ。

とは言え、頻繁にセックスをしているわけではない。どちらも夫がいる身ゆえ、逢瀬の機会は限られている。行者町に来て一ヵ月近く経ったが、セックスをしたのはどちらとも四、五回程度だ。

だが、そのぐらいが丁度いいのかもしれない。何しろ相手は、成熟した肉体を持て余している人妻だ。しかもふたりである。まともに相手をしていたら、限界まで精を搾り取られるであろう。

とにかく、仕事がうまくいけば、またイイコトがあるかもしれない。モチベーションも上がり、新規の顧客を獲得せねばと考えた幸広は、夜の店を訪れることにした。

小さな田舎町ゆえに、商店や飲食店は限られている。チェーン店は食材の仕入れ先が決まっているから相手にしてもらえないし、個人営業の店を片っ端から当たるしかないのだ。

（飲み屋ならジャーキーとかカルパスとか、乾き物を買ってくれるかもしれない）
量としては微々たるものであろうが、夢子のところみたいに、そこから他に広がる可能性だってある。住んでいる人間が多くないぶん、みんな知り合いみたいなものだろうし、同業者同士の結束も固いのではないか。

夜になると、幸広はさっそく夜の街へ繰り出した。

毎日の食事は、コンビニやスーパーで弁当や惣菜を買うか、さもなくば外食だ。出張所にはお湯を沸かすコンロと、あとは電子レンジがあるぐらいで、料理ができないのである。

飲みたくなったときに利用するのは居酒屋で、バーやスナックがある通りに足を向けたことはない。町に来て日が浅いし、一見客ゆえに敷居が高かった。

けれど、仕事という口実があれば、ためらいも薄くなる。

その通りは、昼間ちらっと見た限りでは、店はほんの二、三軒しか目につかなかった。ところが、夜になって看板に明かりが灯されると、そこそこに歓楽街っぽい雰囲気になる。飲み屋も十軒ぐらいありそうだ。

最初の訪問先に選んだのは、ビルの地下にある「キャサリン」というスナックだった。前世紀どころか昭和まで遡（さかのぼ）れそうな古くさい名前が、かえって目を惹いたのである。

（まさか、外国人女性が経営しているわけじゃないよな）

あり得ないことを考えつつ、コンクリート製の階段を降りる。踏み馴れた感じで色はくすんでいたが、階下のフロアも含めて掃除は行き届いているようだ。

もっとも、降りたところのスペースはひと坪ほどで、店のガラスドアと、はす向かいに立入禁止と表示された、ボイラー室か機械室らしき鉄製のドアがあるだけだ。

黒いガラスに白文字で書かれた「キャサリン」という店名は、看板と同じく書体も古い。その前時代感に親しみを覚えつつドアを開けると、ベルがカランカランと軽やかな音を奏でた。

照明が控え目の店内は、カウンターに椅子が五脚ならび、ボックス席が三つ。通路も狭いから、全体にこぢんまりとした眺めだ。

カウンター奥の棚には、同じ銘柄のウイスキーや焼酎が並んでいる。常連客のボトルだろう。数からして、けっこう繁盛しているようだ。

そのわりに、店内にはひとっ子ひとりいない。お客どころか従業員も。

（営業してるんだよな？）

休みだったら看板の明かりが消えているし、ドアも施錠されるはず。どういうことかと首をかしげていると、調理場らしき奥から若い女性が現れた。

「あら、いらっしゃい」

挨拶をして、ちょっと驚いた顔を見せる。

（そうか。早すぎたのかも）

まだ夜の七時を回ったばかりである。こういう店は、他で飲み食いしたあとで立ち寄るのが一般的なのだ。おそらく、とりあえず店を開けたところに幸広が来たために、彼女も戸惑ったのではないか。

「すみません。やってますか？」

確認すると、女性は白い歯をこぼした。

「ええ、どうぞ」

金髪で、いかにもギャルっぽいメイクの彼女はホステスらしい。

身にまとう黒のスーツは、細かなラメが光を反射させている。白いインナーは胸元が豊かに盛りあがり、襟ぐりから谷間が覗けそうだ。

プライベートでは、彼女のように派手な見た目の女性とは、積極的にお付き合いをしたいとは思わない。けれど、明るくて開けっ広げな子が多いから、飲むときの話し相手としては最高なのである。

とは言え、初めて入った店であり、しかも田舎町だ。とりあえず様子見かなとカウンターの一番端に坐ろうとしたところ、

「そんな端っこじゃなくて真ん中でいいよ」

と勧められる。明らかに彼女のほうが年下なのに、初対面でタメ口なのも、いかにもギャルだ。

「いいんですか？」

「うん。どうせお客は来ないだろうし」

屈託なく言われて、ならばと席を移動する。

「まだ時間が早かったですね」

幸広のほうは、いちおう丁寧な言葉遣いで声をかけた。ただ飲みに来たわけでなく、営業目的でもあったからだ。

もっとも、彼女は経営者ではないだろうが。

「そうだね。だけど、今日はたぶんお客さんだけだと思うよ」

「え、まさか」

「平日はいつもこんな感じだもん。週末はけっこう入るから、バイトの女の子たちに来てもらうけど、ウィークデーはあたしひとりでやってるの」

この返答に、幸広は(あれ?)と思った。てっきりホステスのひとりかと思ったのに、今の口振りでは店を取り仕切っているみたいではないか。

彼女はカウンターの下から名刺を取り出した。

「初めまして。『キャサリン』のママをやってるタマミです」

薄ピンクの名刺には店名の他、店の住所と電話番号、そして、真ん中に大きめのフォントで「珠美(たまみ)」と印字してあった。

「お姉さんがここのママなんですか?」

「そうよ。雇われだけど」

まだ若いのに店を任されるということは、水商売歴が長いのであろう。

「あ、ええと、おれは――」

幸広も名刺を出した。それを渡す前に、

「あたし、お兄さんを前に見たよ」

珠美がにんまりと悪戯っぽい笑みをこぼす。

「え、どこで?」

「スーパーで試食販売をしてたじゃない。可愛いエプロンを着けて」

クスクスと笑われ、頬が熱くなる。

「いや、あれは仕事なので」

幸広は名刺を出して、社名と名前を告げた。

「寺地さんか。住所がここってことは、転勤してきたってこと？」

さすがに左遷されたとは言えず、「そうです」とうなずく。問われるままに、出張所で寝泊まりしていることも伝えた。

「味の肉まるか……あのウインナー、けっこう美味しかったよ」

「試食していただけたんですか？」

「うん。気に入ったから二袋ぐらい買って、お店でボイルしてお客さんにも出したら好評だったし」

それなら話が早いと、幸広は胸をはずませた。営業の話にすんなりと入っていけそうである。

しかしながら、いきなりでは彼女も興を殺がれるだろう。もう少し会話をしてからのほうがいい。

「ところで、なに飲む？　フリーボトルはウイスキーと焼酎があるけど」

「じゃあ、ウイスキーを水割りで」

「了解」

ざっくばらんな受け答えは、お堅い人間なら無礼だと受け止めるかもしれない。しかし、早くも気が置けない関係を築けたようで、幸広は心地よかった。

「でも、珠美さんみたいに若くて綺麗なひとが試食してくれたら、おれも印象に残ったはずなんですけど」

慣れた手つきで水割りを作るギャルママに話しかけると、そんなことは言われ慣れているのか、彼女は特に表情を変えなかった。

「あたし、普段は地味なの。メイクもしてないし、金髪も帽子で隠してるし」

「そうなんですか?」

「今みたいなカッコで外を歩いたら、こんな田舎だと目立つじゃない」

それもそうかとうなずいた幸広の前にコースターが置かれ、水割りのグラスが載せられる。

「チェイサーは?」

「あ、お願いします」

お冷やのグラスが出されると、幸広は「珠美さんも飲みませんか」と勧めた。

「ありがと。じゃ、ウーロンハイをもらうわ」

珠美が飲み物をこしらえるのを待って、幸広はグラスを掲げた。

「それじゃ、乾杯」

彼女の発声で、グラスを軽く合わせる。

「ところで、寺地さんっていくつ？」

喉を潤したあとの、最初の質問はそれだった。

「年は三十二です」

「じゃあ、あたしとそんなに違わないね」

「え、本当に？」

「うん。あたしも来年は三十だし」

二十代の半ばか、あるいはもっと若いかもと思っていたから、意外であった。まさかアラサーだったとは。

「ついでに言えば、子供もいるよ」

そんなことまで打ち明けられ、ちょっとうろたえる。店のママなのに加えて、プライベートでもママだったなんて。

「それじゃあ、旦那さんも？」

またも人妻なのかと、妙な期待がこみあげる。

「ううん。別れちゃった」

珠美は悪びれることなく答えた。

「そうすると、お子さんは今どこに？」

「母さんにあずけてる。夜はいつもそうだし、あの子、あたしじゃなくて母さんをママだと思ってるかも。まだ三つだから」

自虐的な打ち明け話に、どう反応すればいいのかわからずにいると、

「寺地さん、結婚は？」

逆に質問されて安堵する。

「独身です」

「カノジョは？」

「こっちに来る前はいたんですけど」

言葉を濁すと、珠美は何か察したふうにそれ以上訊ねなかった。

「てことは、寂しい独り身同士ってことか」

共感のこもった言葉に、ぐっと距離が縮まった気がする。この店で顔を合わせてから、まだ十分ぐらいしか経っていないのに。

「おれなんかと違って、珠美さんはモテるでしょう」

お世辞ではなく告げると、彼女はうんざりした顔を見せた。

「まあ、こういう商売をしてるから、お客に口説かれるのはしょっちゅうだけど。正直、男はもういいかなって」

バツイチで子持ちとは言え、まだ若いのである。男女関係に見切りをつけるのには早すぎる。

(ひょっとして、別れた旦那にDVでもされて、男は懲り懲りだと思ってるのか?)

そんな想像をしたものの、早合点だったらしい。

「男がヤリたがりなのは承知の上だけど、あたしなんてこんな見た目だから、余っ程軽い女だと思われてるんだよね。頼めばすぐにヤラせるみたいな。そういうのって、ちょっとした態度や言葉遣いで見え見えだから、ホントやんなるの。こっちは仕事だし、つかず離れずで相手をするけどさ」

欲望をあからさまにするお客たちのせいで、男性不信に陥っているようだ。あるいは離婚の原因も、夫の浮気なのだとか。

(田舎のほうが、飲み屋での振る舞いに品がないっていうものな)

店の女の子に、平気で猥雑なことを口にして、おさわりも当たり前だとか。実際に目にしたわけではなく、雑誌やネット記事の情報ではあるけれど。

「あ、寺地さんのことを言ってるんじゃないよ。あくまでも地元のオトコの話」

「ああ、うん」

「寺地さんは、けっこう紳士っぽい感じだもんね」

褒められているのかもしれないが、正直心苦しい。何しろこの町に来てから、ふたりの人妻と関係を持ったのである。おまけに珠美のことも、子持ちと聞くなり人妻なのかと、妙な期待を抱いたのだ。

（そんなおれの、どこが紳士なんだよ……）

買いかぶりすぎだと、居たたまれない気持ちになる。

「前はどこに住んでたの？」

「いちおう東京ですけど」

「やっぱり。だから洗練された感じがするんだね」

ますます肩身が狭くなり、幸広はグラスに口をつけた。すると、

「ねえ、隣に移ってもいい？」

珠美が小首をかしげる。愛らしいしぐさに、心臓の鼓動が速くなった。

「ええ、どうぞ」

カウンターの中だと立っていなければならない。疲れて坐りたくなったのかなと、幸広は解釈した。それに隣のほうが、顔を正面から見なくて済むから、かえって話し

やすいはずだ。

　カウンターから出るとき、彼女が何かのスイッチを操作したことに、幸広は気がつかなかった。

　向かい合っていたときは気がつかなかったが、珠美は小柄だった。ハイヒールを履いていても、百五十センチそこそこではなかろうか。見た目が華やかだから存在感があり、大きく見えたのかもしれない。

「それじゃ、改めて」

　隣同士になり、もう一度グラスを合わせる。香水なのか、ギャルママから漂う甘いかぐわしさが鼻腔に忍び込み、なんだか落ち着かなくなる。

「ええと、実は今日ここに来たのは」

　来店の目的を話そうとしたのは、間が持たなくなったからだ。

「営業でしょ」

　最初からわかっていたという口振りで、珠美が返す。

「ああ、いや……はい」

　戸惑いつつ認めたものの、彼女は特に気分を害した様子ではない。

「こんな早い時間だし、たぶんそうだろうなとは思ったけど。でも、こんな店に何を売るつもりなの？」

「ええと、乾き物のビーフジャーキーとか、カルパスとか」

「あ、そういうのも扱ってるんだ」

なるほどという顔でうなずく。感触としては悪くなかった。

「ウチが出すのは柿の種か、ピーナッツぐらいだけど、そういうハイカラなやつは、他の店でも見たことないかも」

「でも、食肉加工品は、肉の味と塩気でお酒が進むので、売上アップに貢献できると思いますよ」

「ふうん」

珠美が興味なさげにうなずく。あまり乗り気ではなさそうな反応を見せられ、幸広は焦った。懸命に売り込みの文言を探していると、

「ちょっと早いかな」

横目で睨まれて「え？」となる。

「そういう商売の話は、お互いに打ち解け合ってからのほうがいいんじゃない？　特にウチは客商売だから、人間関係を大事にしたいんだよね」

真っ当な意見を口にされ、幸広は肩をすぼめた。

「はい……軽率でした」

「そんな深刻にならなくてもいいよ。あたしはただ、寺地さんと仲良くなりたいだけなんだから」

笑顔で告げられ、どぎまぎする。くるくると変わる表情がチャーミングで、すっかり彼女に惹かれていたのだ。決して好みのタイプではなかったのに。

「仲良く……ですか？」

「そ」

固定されていた椅子の上で、珠美がヒップをこちらにずらす。スーツのスカートは超ミニで、編み目のストッキングに包まれた脚を組んだのは、太腿のむっちり具合を見せつけるためだったのか。

などと気を逸らせたのは、幸広自身が昂りを覚えたからに他ならなかった。

「ところで、寺地さんはあたしを口説きたいって思う？」

「あ、ええと」

「ひょっとして、金髪で派手な女はキライ？」

「そんなことないです。珠美さんは、その髪がよく似合ってますから」

「なんか他人行儀だなあ。リラックスしてくれないと、仲良くなれないじゃん」

そんなことを言われても、生まれ持った性格はどうにもならない。営業トークならいざ知らず、初対面の女性に軽口を叩けるほど社交的ではなかった。

もっとも、会ったその日に人妻ふたりと関係を持ったのだ。説得力のない言い訳である。

（いや、あれは向こうから誘われたからで――）

自らに弁明していると、ギャルママのちんまりした手がこちらにのばされる。迷うことなく一点を狙い、牡の中心を揃えた指先ですっと撫でてきた。

「あうっ」

軽いタッチなのに感じてしまい、自然と声が出る。慌てて口を閉じたものの、また指を動かされ、椅子の上で尻がくねった。

「こうすればリラックスできるでしょ」

珠美が含み笑いで言う。スキンシップが心の距離を縮めるのは確かでも、いきなり股間だから戸惑いのほうが大きい。

そのくせ、快感を与えられたシンボルはムクムクと膨張した。

「男は懲りたんじゃないんですか？」

行為をたしなめるつもりで言っても、彼女は指をはずさなかった。

「あれは、お客に口説かれてもその気にならないって話。だけど、あたしだってナマ身の女だもん。ムラムラしてヤリたくなるのはフツーにあるし」

露骨なことを言われ、ふくらみかけた分身も揉むように愛撫される。

（ああ、そんな）

快感で淫らな気分が高まる。そこまで言うのならと、幸広は受け入れモードになりつつあった。

「寺地さんだって、あたしとヤリたいんじゃないの？　オチンチン、おっきくなってるし」

欲情の反応を指摘され、抗っても無駄だという気分にさせられる。

「そりゃ……珠美さんは魅力的ですし」

「そう？　ありがと」

「あ、でも、他のお客さんが来たら——」

いくらウイークデーが暇でも、このあとのお客がゼロだという保証はない。妙なところを見られるのは、珠美にとってもリスクが大きいはずだ。

「心配しなくても大丈夫。さっき、表の看板と階段の明かりを消したから。誰か来ても、今日は休業だって思うよ」

いつの間にそんなことをと驚く。同時に、彼女が早くからこういう展開を求めていたのだとわかった。

(おれのどこを気に入ったんだろう……)

決してモテるタイプの男ではない。過去に交際した異性も、別れた元カノひとりだけだ。童貞も風俗で捨てたのである。

人畜無害の人間に見られるぶん、女性から危機感を抱かれないのは間違いない。だからひとときの快楽を愉しむぶんには、格好の相手だと思われるのだろうか。旨いチャーハンを作るために身を差し出した夢子はともかく、華代も今の珠美と同じように、向こうから求めてきたのである。

いや、夢子だって二回目以降は、抱かれることが目的で幸広を迎えたのだ。

(やっぱりこの町の女性は肉食というか、自分の欲望に正直なんだな)

娯楽が少ないものだから、セックスぐらいしか愉しみがないのか。

珠美の手がズボンのベルトを弛める。本当にする気なのかとナマ唾を呑んだとき、

「ここじゃヤリにくいし、そっちに坐って」

ボックス席のソファーを勧められる。幸広がずり落ちそうなズボンを摑んで移動するあいだに、彼女は入り口のドアをロックしたようだ。これなら、諦めの悪い客が店

の前まで来ても安心である。

「ここに寝て」

戻ってきた珠美に言われて、幸広はソファーに仰向けで寝そべった。何をされるのかと、期待と情欲を高めながら。

「はい、脱ぎ脱ぎね」

それこそ幼い娘を相手にするみたいに声をかけ、バツイチギャルがズボンとブリーフをまとめて引き下ろす。八割がた膨張した秘茎があらわになり、幸広はさすがに羞恥を覚えた。

（会ったばかりの女性に、チンポを見られるなんて……）

風俗ならいざ知らず、こんなことになるなんて夢にも思わなかった相手である。

珠美とはスーパーの試食販売で顔を合わせたらしいから、正確に言えば初対面とは違う。けれど、本人を前にしても思い出せなかったのだから、あれは会った数には入らない。

「ほら、おっきくなってる」

嬉しそうに白い歯をこぼした珠美がヒールを脱ぐ。ソファーに上がると、幸広の頭を膝立ちで跨いだ。超ミニのスカートでそんな体勢になれば、パンティがまる見えである。

網タイツでは隠しようもないそれは、意外にも純白であった。光沢があるから、子供が穿くような綿パンツとは違う。装飾はなく、シンプルなデザインだ。

なのに、やけにいやらしく映るのはなぜだろう。

「あたしのパンツ見てるの？」

自ら見せつけておきながら、珠美が含み笑いで訊ねる。答える義務はないと判断し、幸広は穴が空くほどに中心部分を凝視した。内側に快感をもたらす穴があるところを。

「エッチだなあ」

勝手なことを言って、彼女が腰を突き出すようなポーズを取る。ミニスカートがずり上がり、意外とボリュームのあるヒップが、丸みをあからさまにした。

(おっぱいも大きいし、小柄なのにプロポーションがいいんだな)

こういう女性をトランジスタグラマーと呼ぶのだと、かつて読んだ官能小説に書いてあった。もっとも、言葉の由来までは知らない。

「ううう」

幸広が呻いて腰を揺すりあげたのは、柔らかな指が直に陽根を捉えたからだ。

「もっと硬くしてよ」

言われるまでもなく、血液が海綿体に殺到する。その部分が伸びあがり、雄々しく脈打つのが見えなくてもわかった。

「わ、すごい」

驚嘆の声が聞こえる。手が小さかったから、指が筒肉に回りきらない感じである。おかげで、背徳的な悦びが高まった。

「すごいね。ギンギンじゃん」

かつては夫がいて、子供も産んだのである。猛る牡器官を目の前にしても、珠美は余裕綽(しゃくしゃく)々であった。

「うーん、久しぶりの男のニオイ」

包皮の継ぎ目あたりに、温かな風が当たる。彼女が顔を近づけ、牡の臭気を嗅いでいるらしい。

(久しぶりってことは、しばらくセックスをしてなかったんだな)

地元のお客に口説かれても、まったくその気にならないというのは本当なのだ。そのため、欲望を持て余すことになったのか。

ともあれ、幸広は出かける前にシャワーを浴びたから、ほとんど匂わないはずである。無臭ではないにせよ、長らく男を絶っていたバツイチ女性には、もの足りないのではないか。

（珠美さんのほうはどうかな？）

こっちも確かめる権利があると、超ミニのスカートでは隠しきれないおしりを掴み、強引に引き寄せる。

「キャッ」

悲鳴があがったのもかまわず、陰部と鼻面を密着させた。

珠美も仕事の前にからだを清めたようだ。秘められたところを守るクロッチは、洗剤とボディソープの爽やかな香りしかさせていなかった。

にもかかわらず、

「バカッ、ヘンタイっ」

なぜだか彼女は声を荒らげ、幸広の上から飛び退いた。身を翻して脚に跨がると、頬を染めて睨んでくる。

「マンコの匂いを嗅いでいいなんて言ってないでしょ」

言葉遣いこそしおらしさのかけらもないが、羞恥を覚えているのは間違いないようだ。自分がいやらしいことをするのは平気でも、されるのは抵抗があると見える。

（けっこう恥ずかしがり屋なのかも）

見た目も若くて小柄だし、可愛いなと頬が緩む。それで馬鹿にされたと思ったか、珠美がますます表情を険しくした。

「寺地さんは、おとなしくしていればいいの」

勝手なことを言い、屹立に回した指を強く締める。幸広が呻いて腰を浮かせると、ようやく余裕を取り戻せたらしい。

「オチンチン、シコシコしてほしいよね」

握り手を上下させ、強ばりをしごく。

「う……あ――」

目の奥に火花が散る。特に技巧的な愛撫ではないのに、やけに感じてしまった。手が小さいから、いたいけな少女にイケナイことをさせている気分だ。

「すっごくビクビクしてる。もう透明なおツユが出てきた」

尿道を熱いものが伝うのは、幸広も自覚していた。かつてない早さで、カウパー腺液が湧出している。

「手だけでこんなにキモチいいんなら、おクチでしたらどうなるのかな」

愉しげに言うなり、珠美が手にしたモノの真上に顔を伏せる。尖端にチュッとキスされただけで、電撃みたいな快美が背すじを駆け抜けた。

（おい、昂奮しすぎだぞ）

悦びが著しいのは、幸広自身が激しく昂っているからだ。お客のいない夜の店で、美人ママと淫らな行為に及んでいるのである。平常心を保てるはずがない。

中華食堂の店内で、夢子と交わったときもそうだった。まずいと思いながらも破廉恥な行為に身をやつしたのは、特異なシチュエーションに燃えあがったためもあったのだ。

このままだと真っ当なセックスができなくなるのではないか。そんな恐れが頭をもたげたものの、紅潮した亀頭を口に含まれてどうでもよくなる。

チュパッ——。

舌鼓を打たれ、腰がガクンと跳ね躍った。

「んふ」

牡の反応に満足したふうに、珠美が目を細める。こぼれた鼻息が、根元の縮れ毛をそよがせた。

手と同じく口も小さいようで、彼女が咥えられたのはくびれまでだった。舌を懸命に動かしながら、はみ出した部分に指の輪を往復させる。

「ああ、ああ」

快感が急角度で高まり、幸広は喘いだ。このままだと、早々にイカされてしまう。

「た、珠美さん、もう――」

危ういことを伝えると、ギャルママが漲りを解放した。唾液に濡れた亀頭を指先でヌルヌルとこすり、

「もうイッちゃいそう？」

嬉しそうに訊ねた。

「う、うん」

「それじゃ、脚を開いて」

彼女が腰を浮かせたので、幸広は素直に従った。どういう意図で命じたのか、少しも理解しないままに。

珠美は開かれた脚のあいだに膝をつくと、牡の急所に手を差しのべた。

「キンタマが持ちあがってるね」

下腹にめり込みそうなそれを、しなやかな指がほじくり出す。巧みに揉み転がされ、幸広は頭を左右に振って悶えた。くすぐったい快さに、絶頂間近だったペニスがバネ仕掛けのオモチャみたいに暴れる。

「そ、それもヤバいです」

降参しても、手がはずされない。それどころか、もう一方の手が筒肉に巻きつき、上下運動を始めたのである。

「うあああ、だ、駄目」

逃れようと腰をよじっても無駄であった。元人妻の手淫奉仕に、幸広はあっ気なくノックアウトされた。

「い、いく」

呻き混じりの声をこぼし、熱い樹液を噴きあげる。その直前に、珠美が鈴口を唇で塞いだため、ほとばしりがあたりを汚すことはなかった。

「うあ、あああああ、くぅ」

蕩けるような射精感に、幸広は喘ぎっぱなしであった。最後の一滴まで気持ちよく放精し、あとは深い虚脱感にまみれる。

(……どうしてこうなったんだ?)

今さら経緯を振り返ったところで、過敏になった亀頭を強く吸われ、幸広は悶絶するのだった。

第四章　若妻のスパイシーな唇

1

　幸広が次に「キャサリン」を訪れたのは、二日後の週末だった。それも閉店時刻の三十分前に。そうするように、珠美に言われたのである。

『ジャーキーやカルパスの見本を持ってきて。気に入ったら、店で使ってあげる』

　ようやく営業の話ができるのかと安心しつつ、満たされない部分もあった。あの日は幸広がイカされただけで終わったからだ。

　看板の明かりを消し、店の入り口も閉めたのである。きっと最後までするものと、幸広は期待していた。仮にセックスは無理だとしても、せめてシックスナインぐらいはという気持ちがあった。

なのに、彼女の秘部に口をつけることすら叶わなかったなんて。

もしかしたら股間に顔を埋めたせいで、珠美の機嫌を損ねてしまったのか。けれど、そのあとで射精に導いてくれたし、ザーメンまで飲んだのだ。本当に怒っていたのなら、あそこまでしなかったはず。

にもかかわらず、彼女は幸広にズボンを穿くように命じると、入り口のロックを解除し、看板と階段の明かりも点けた。これでは身繕いをしないわけにはいかない。他のお客が来る可能性がある。

ふたりはカウンターに戻ると、何事もなかったかのように会話をし、幸広は水割りを一杯だけ飲んだ。間もなく、ふたり連れの客が来てボックス席に坐ったので、遠慮して「キャサリン」をあとにしたのである。後ろ髪を引かれる思いで。

そのため、商品の採用については、まったく期待していなかった。

今日は週末ということで、お客は多いはず。実際、階段を降りる途中から、賑やかな声が聞こえてきた。

(ひょっとして、お客に試食させるのかな?)

そんな予想をしながら、黒いガラスドアを開ける。一昨日と同じように、軽やかなベルが来店を知らせた。

「いらっしゃいませ」

明るく声をはずませ、笑顔を向けてくれたのは、カウンターの内側にいた珠美だった。幸広を認めると、

「あら寺地さん。いらっしゃい」

目を細め、頬を艶っぽく緩める。歓迎されているとわかり、幸広は安堵した。

見ると、ボックス席はすべて埋まり、カウンターにも三人が坐っている。女の子も珠美以外に五人いた。水商売っぽいラメ入りのスーツ姿で、髪とメイクはママと同じく、みんなギャル風だ。

（これがこの店の特色なのかな）

経営者の方針か、珠美がそういう子を好んで採用したのかはわからない。ただ、この顔ぶれなら「キャサリン」という店名がぴったりに思える。特に根拠はなく、何となくではあるけれど。

「こちらにどうぞ」

勧められて、カウンター席の空いていた端っこに、幸広は腰かけた。特に注文を訊かれることなく、珠美がウイスキーの水割りを出してくれる。常連でもないのにあうんの呼吸を感じて、誇らしい気分であった。

彼女はひとりで、カウンター客の相手をしていた。前回嘆いていたとおり、猥雑な言葉遣いで口説く者もいる。それを適当に受け流すあたり、若く見えてもベテランの風格が感じられた。

だからこそ、お客も安心して口説けるのかもしれない。どうせ相手にされないとわかっているから、酒席の戯れ言として愉しめるのではないか。

何気に観察していると、お客は乾き物の柿の種には、ほとんど手をつけていなかった。他で飲み食いしたあとでいらないのか。あるいは食べ飽きているのか。

(酒ばかり飲んでいると、口寂しくなるものだけどな)

ジャーキーやカルパスを出せば、喜んでもらえる気がする。

今日の珠美は、ピンク色のスーツだった。やはりラメ入りながら落ち着いた色調で、前回よりは明るく、溌剌として映る。脚も網タイツではなく、ベージュのストッキングだ。

(パンティは何色かな?)

などと、つい見えないところを想像してしまう。幸広の予想では、今回も白だった。と、視線に気がついたのか、珠美がこちらをチラッと見る。軽く眉をひそめたから、いやらしいことを考えていると悟ったのかもしれない。

幸広は焦って視線をはずし、水割りのグラスに口をつけた。

「じゃあ、そろそろ閉店だから、お会計をよろしく」

珠美がみんなに声をかけたのは、閉店時刻である午後零時の五分前だった。それより早くボックス席のふた組が引き上げており、残っていた客も渡された会計メモを見て財布を取り出した。

(おれはいいんだよな)

幸広のところには、会計が届いていない。店を閉めたあとで、持ってきた商品を試食するつもりらしい。

テーブルやカウンターが片付けられ、女の子たちは洗い物をしたり、あちこちを拭いたりと、割り当てられた仕事をする。ママの珠美はレジ担当で、お釣りと領収書をお客に渡す。カードや電子マネーを使う者はおらず、みんな現金だった。

最後のお客が外に出ると、彼女がこちらにやって来る。

「寺地さん、持ってきたやつ、カウンターに出してくれる?」

「ああ、はい」

幸広は持参したバッグから、加工肉の商品を十種類ほど取り出した。オーソドックスなビーフジャーキーから、ヘルシーな馬肉のものもある。カルパスも甘口辛口と取りそろえた。

「これ、全部試食していいの？」

「ええ、どうぞ」

「みんな、仕事しながらでいいから、これ、食べてもらえる」

珠美が女の子たちに声をかける。すべての商品が手に取りやすいように、袋を大きく開いた。

「え、いいんですか？」

「うん。あとで気に入ったやつを教えて。自分の好みでいいから」

「わー、いただきまーす」

次々に手がのばされ、加工肉がギャルたちの口に入る。

「あー、これ美味しい」

「こっちもいいよ。ちょっと硬いけど」

「あたし虫歯があるから、硬いのはパスだな」

屈託のない意見が飛び交い、お客が帰ったあとなのに店内は賑やかだ。女子校の教室はこんな感じなのかと、幸広は圧倒されるものを感じた。

順番に試食する珠美は、真剣な面持ちである。しっかり判定しているようで、これならすべて不採用になっても納得できる。

　かくして閉店の作業と、トイレで順番に着替えて帰り支度を終える頃には、用意した商品はすべてなくなっていた。

「えー、もうないの？」

「もっと食べたかったぁ」

　そんな声も聞こえたから、かなり好評だったようだ。

「はい、みんなご苦労さま。じゃあ、最後にどれがよかったか教えて」

「あたしはこれ」

「あたしも」

「あたしはこっちかな。クセがあるけど、もっと食べたくなる感じ」

「でも、口にニオイが残りそう」

　賑やかな品評をメモするでもなく、珠美はすべて頭に入れたようだ。

「わかった。ありがとう。それじゃ、今日はこれで終わり。みんな、気をつけて帰ってちょうだい」

「はーい。お疲れさまでした」

「でしたぁ」

「ねえ、誰かいっしょにタクシーで帰ろうよ」

「あたし、今日はチャリだもん」

五人のギャルがぞろぞろと出ていくと、店内がしんと静まり返る。珠美が隣の椅子に腰掛け、ふうとため息をついた。

「週末はいつもこんな感じなんだ」

苦笑して、空になった袋から三つ選ぶ。

「じゃあ、今度これを持ってきて。とりあえず一箱ずつでいいかな。あとでまた変えるかもしれないけど」

ほとんど迷うことなく決めたものだから、幸広は感心した。

「ありがとうございます。ええと、今後の参考にしたいので、どこが決め手になったか教えていただけますか？」

これに、ギャルママがきょとんとした顔を見せる。

「あたしと女の子たちが美味しいと思ったやつだけど」

単純な理由に、幸広はガクッと肩を落とした。

「え、それだけで決めたんですか？」

「うん。お客は酔っ払ってるし、微妙な味の差なんてわからないもん。それに、見てわかったと思うけど、年齢層も高いのよ」

それは幸広も感じていた。田舎の宿命とも言えるし、夢子の父親が一度は店を閉めると決めたのだって、お客が高齢で先の見通しがないと判断したからだ。

「中には柿の種でも胃や歯につらいってお客もいるし、そういうひとはジャーキーなんてまず無理だもん。だから乾き物は、基本的に女の子が食べるためにあると思ってるの。女の子が美味しそうに食べるのを見るのが嬉しいってお客も多いから」

「そうなんですか？」

「東京でも、女の子にねだられて食べ物を注文するのってフツーにあるよね。ただ、今の子はあまり食べないし、無駄な負担をかけさせたくないから、こういうのがちょうどいいわけ。値段も抑えられるし、女の子たちも手を出しやすいし」

「なるほど」

「あとはおクチにニオイが残らないもの。これなんか味はいいんだけど、ガーリックとコショウがキツいから、接客には向かないかな」

しっかりとした考えに感心する。だから店を任されているんだなと、幸広は納得した。

「まあ、お客でもこういうのが好きってひとがいるかもしんないし、ウケがよかったら他の店にも教えとくよ」

「ありがとうございます。助かります」

「当然、お礼はしてくれるんだよね」

「え？」

珠美の口調が変わったものだから、幸広はギョッとした。表情も思わせぶりである。

「お、お礼って？」

「こないだだって自分だけイッちゃって、あたしは何もしてもらってないんだけど」

どうやらからだで礼をしろというういうことらしい。それは幸広にも異存はなかったが、腑に落ちないところもあった。

(何もしてもらってないって……珠美さんがやめちゃったから、こっちは何もできなかったのに)

責められるのはお門違い（かどちがい）だと思えば、不意に珠美が目を伏せる。

「……ねえ、何ともなかったの？」

「え、何が？」

「こないだ、あたしのマンコのニオイを嗅いだじゃない」

上目づかいでこちらを見て、モジモジする。ギャルの見た目と恥じらいのしぐさのギャップが大きく、幸広はどぎまぎした。金髪で小生意気そうな彼女が、やけに愛らしく感じられたのだ。

「いや、匂いなんて洗剤とボディソープぐらいで、他は全然しなかったですよ」

「ホントに？」

「はい」

安心したのか、珠美が表情を和らげる。それから、照れくさそうに告白した。

「あたし、一昨日は生理が終わったばかりだったんだ。念のため、薄いナプキンを貼りつけてたから、それもバレたくなかったし」

そういうことかと、幸広はうなずいた。生理のとき、女性は匂いを気にすると聞いたことがある。ナプキンを装着しているのも知られたくなかったのだろう。

「だったらどうして、おれの顔を跨いだんですか？」

「昂奮させるのに、パンツぐらい見せたほうがいいかなと思って」

股間に顔を密着されるのは、想定外だったらしい。

「じゃあ、最初からおれと——その、最後までするつもりはなかったんですか？」

質問に、彼女が戸惑いを浮かべる。

「エッチのこと？　ううん。するつもりだったけど」

「だったら匂いを嗅がれるぐらい、べつに気にしなくても」

「エッチとそれとは別問題。ていうか、寺地さんにニオイを嗅がれて、やっぱり無理かもってあきらめたんだもん。チンチンに血がついてもヤダし」

珠美の気持ちが、わからないではなかった。幸広自身、華代に生々しい牡臭を嗅がれたときには、居たたまれなかったのだから。個人差はあるにせよ、女性なら生理のことは知られたくないだろうし。

(そういうことを気にしないタイプに見えるのに)

派手な見た目や、ざっくばらんなひと当たりとは裏腹に、けっこう繊細らしい。そのわりに、ペニスの匂いを貪欲に嗅ぎ回っていたけれど。

ともあれ、今日もクンニリングスはできないようだ。何しろ、週末の忙しい時間を過ごしたあとである。ギャルママの秘部は、生理が終わったあととは比べものにならないぐらい、濃厚な匂いを溜め込んでいるだろう。

「とにかく、今日はあたしもいっぱい感じさせてもらうからね」

待ちきれないというふうに、珠美が腰を浮かせる。幸広の手を引いて、一昨日と同じボックス席に移動した。

2

テーブルをずらして、ソファーの前にスペースを広く取る。彼女は超ミニをたくし上げ、女らしい腰回りを包むパンストを、いそいそと剝きおろした。パンティは予想どおりに純白である。

珠美はちょっと考えてから、スーツのジャケットもスカートも脱いでしまった。シワになると思ったのか。あとは胸元がはち切れそうなベージュのキャミソールと、上下の下着のみだ。

そそられる格好に、幸広は目を瞠った。やはり彼女はスタイルがいい。身長がもうちょっとあったら、モデルでも通用しそうである。

あらわになった肌が、甘い香りを漂わせる。柑橘系のそれは人工的な香料だけでなく、三十路前の女体が滲ませた汗も含まれているようだ。

そんなものを嗅いだら、もっと恥ずかしいパフュームも暴きたくなる。

とは言え、無理なことはできない。逆上した珠美に、ボコボコにされる恐れがある。幸広の中では、ギャルとヤンキーは同義であった。

彼女はソファーに腰掛けると、幸広を見あげた。

「パンツを脱がせてよ」

「え、おれがですか？」

「当たり前じゃん。男の務めなんだから」

けっこう古風な考えなんだなと思いつつ、カーペットの床に膝をつく。白い薄物に両手をかけると、珠美は言われずとも腰を浮かせた。

いよいよ秘め園とご対面である。胸を高鳴らせつつパンティを引きおろせば、あらわになった下腹部には毛がまったくなかった。

(剃ってるのか？)

毛穴のポツポツも見えないから、エステで脱毛しているようである。自然のままだった人妻たちのそこを思い返し、水商売だからきちんと処理するのかなと、あまり関係なさそうな結びつけをした。

自ら脱がせてと命じただけあり、恥ずかしいところがあらわになっても、珠美は平然としていた。なのに、生理が終わったあとの秘臭を気にするなんて、女心は複雑である。

「それ、貸して」

手をのばして求められ、幸広は爪先からはずしたパンティを彼女に返した。脱いだスーツやパンストの下に隠したから、汚れを見られたり、匂いを嗅がれたりしたくなかったのかもしれない。

そのくせ、膝を離して脚でMの字を作り、中心部分を目の前の男に見せつける。ぷっくりした盛りあがりに、縦方向の切れ込みが入っているところを。

無毛の女芯は色素の沈着が淡く、はみ出しもわずかである。彼女の娘と変わらないのではないかと思えるあどけない割れ目に、怪しい心持ちにさせられた。

(本当に子供を産んでるのかな?)

ふと疑問が生じる。出産時には会陰の一部を切ると、どこかで読んだことがあるけれど、縫った跡も見当たらない。まあ、もともと縫い目みたいなところではあるが。

そのとき、耳を疑う指示が聞こえた。

「クンニして」

見るだけで、口をつけるのは無理だと諦めていたのに、まさか許可されるなんて。いや、してほしいと求められたのだ。

戸惑いながらも、気が変わらないうちにと唇を寄せる。遠慮がちなチーズ臭が感じられたのは、もうひとつの唇とキスしたあとだった。

（……あれ？）

情欲を煽る媚香にうっとりしつつ、あまり匂わないのを怪訝に思う。何人もの客を相手に立ち仕事をしていたはずなのに、汗で蒸れた感じすらなかった。

「マンコの匂い嗅ぎたかった？」

どこか挑発的な問いかけに、上目づかいで珠美の顔を窺う。

「寺地さんが来る前に、ビデで洗ったの。またクンクンされたらイヤだから」

咎めるような眼差しに、幸広は肩をすぼめた。一昨日、ヒップを抱き寄せて陰部に顔を埋めただけで、そういう趣味だと確信したらしい。

舌奉仕で感じさせたいのなら、まずパンティを脱がせるだろう。シャワーも浴びていないのに、着衣のその部分に鼻面を密着させるのは、正直な匂いを嗅ぐためだと察するのも当然か。

さりとて、素直に認めるのも悔しい。何も言わず、湿った恥割れに舌を差し込む。

「あふっ」

珠美が喘ぎ、女らしい腰回りをビクンとわななかせる。愛らしい反応に煽られて、幸広はいっそう派手に舌を躍らせた。

「あ、ああっ、キモチいいっ」

あられもなく身悶えるギャルママは、オーラル奉仕がかなり好きなようだ。だからこそ、心置きなく舐めてもらえるよう、前もって準備をしたのだ。

蜜穴が温かなトロミをこぼす。ビデで洗ったあと、久しぶりの交歓に期待が高まっていたらしい。

（けっこう濡れやすいみたいだぞ）

なのに、前回は男をイカせただけでやめたのである。本当はするつもりでいたのに、生理が終わったばかりだと思い出したために躊躇したなんて。

打って変わって、今日の珠美はヤル気満々でいる。よがっているのは、さらなる快感を待ちわびて、気分を高めているのかもしれない。

ならば、クンニリングスよりもセックスをするべきである。けれど、彼女が求めないうちは、このまま続けるしかなかった。

敏感な肉芽を重点的に攻めると、珠美が喘ぎ声を短くはずませる。

「あ、あ、あ、あ、いやぁ」

感じているのは間違いないが、どこか焦れったげでもあった。

（刺激が強いのかも）

ならばと、尖らせた舌を膣口に押し込み、クチュクチュと出し挿れする。

「くぅうーン」

嬌声のトーンが上がる。裸の下半身がビクビクとわななき、肉体の芯から歓喜が広がっているふうだ。

ラブジュースの湧出量が増す。ヒップがソファーから浮きあがり、すとんと落ちた。

珠美は「あんあん」と艶声を放ったあと、

「ちょ、ちょっとストップ」

すすり泣き交じりに制止を求めた。

「ねえ……ボッキしてる?」

息を荒ぶらせての問いかけに、幸広は顔を上げた。

「うん」

「だったらマンコに挿れて」

ストレートな要請に、すぐさま腰を浮かせる。秘苑をねぶるあいだに膨張した牡器官は、粘っこいツユを多量にこぼしていたのだ。ブリーフの裏地が張りついて、居心地が悪いほどに。

幸広がズボンとブリーフをまとめて脱ぎおろすあいだに、珠美はソファーに身を横たえた。わくわくした顔つきと、赤らんだ頰が愛らしい。

(本当に子持ちなのか？)

若く見えるのもそうだが、自身の欲望に正直な言動が、年齢よりも幼く感じさせる。店の女の子たちの前で、ママらしく振る舞っていたのが嘘のようだ。

「ね、来て」

両手を差しのべて呼ばれ、幸広は胸を高鳴らせて身を重ねた。彼女と同じく、下半身のみを晒した格好で。

「チュウして」

最初にくちづけをせがまれ、全身が熱くなる。単に快楽のひとときを過ごすだけの間柄ではなく、恋人同士のような関係を求められている気がした。

もちろん拒む理由はなく、嬉々として唇を重ねる。

「ンふ」

珠美が歓迎するように鼻息をこぼす。先に舌を出したのも、彼女のほうだった。さっき食べたジャーキーの残り香を含んだ吐息も与えられる。

(……珠美さんとキスしてる)

秘めたところを目の当たりにし、口をつけたばかりなのに、それ以上の昂りに全身が熱くなる。やはりキスは特別なのだ。

ピチャ……チュッ——。

口許からこぼれる水音が、妙に背徳的だ。なぜだか、会ったこともない彼女の娘に申し訳ないと思ってしまった。母親を奪った心持ちになったのか。

「ふう」

唇が離れると、珠美が深く息をつく。堪能したという顔つきで、赤く染まった頬を緩めた。

「エッチよりも、キスのほうがキモチいいよね」

などと言いながら、ふたりのあいだに右手を差し入れ、牡の漲りを握る。結局はセックスもするのである。

「うわ、カチカチ」

破裂しそうな肉根を自らの中心に導き、先っちょを無毛の恥割れにこすりつける。淫蜜が濡らした亀頭粘膜が、ミゾに沿ってすべった。

「ねえ、このチンチン、マンコに挿れたい？」

この期に及んで焦らすような台詞(せりふ)を口にされ、幸広は焦った。このあいだみたいに、また途中で終わりにするのかと危ぶんだのだ。

「もちろん挿れたい」

前のめり気味に答えると、彼女が満足げに白い歯をこぼした。焦らしたのではなく、本心を確認しただけらしい。

「いいよ。挿れて」

珠美が両脚を掲げる。肉槍の穂先が女芯にめり込んだところで、巻きつけていた指をほどいた。

「来て」

短いおねだりを耳にするなり、腰を沈める。膨張した頭部が狭穴を圧し広げ、抵抗をものともせずぬるんと入り込んだ。

「あああッ!」

珠美が首を反らし、悲鳴に近い声をほとばしらせる。いきなりの侵入に慌てたように、熱い内部がどよめいた。

それでも、彼女は両脚を牡腰に絡みつけ、逃すまいと引き寄せる。

「おお」

幸広も喘ぐ。分身は根元まで熱い潤みにひたった。

(入った――)

ひとつになった感激にひたる間もなく、頭をかき抱かれる。珠美がまたも唇を求めたのだ。

「ん、ん、ん」

舌を深く差し入れる、貪るようなくちづけ。脳に近いところでの密着に、セックス以上の一体感を覚える。

なまめかしい吐息と唾液を味わいながら、耕一はヌメる蜜壺を抉った。

「ううう、むふっ」

苦しげな鼻息をこぼしながらも、珠美は唇をはずさなかった。よがり声を聞かせまいと、自ら口を塞いでいたのか。

(可愛いひとだ)

派手な外見とのギャップもあり、いじらしくてたまらない。情愛もふくれあがる。

ピチャピチャ、ニチャッと粘っこい音がたつ。それが口許からなのか、それとも交わる性器が立てるのかわからない。頭が痺れて、思考が働かない状態だ。

確かなのは、全身が蕩けるような愉悦にまみれていることのみ。

女体を徹底的に責め苛みたい衝動に駆られる。しかし、狭いソファーではそこまで激しく動けない。挿入したペニスが抜ける恐れもあった。

「んー、んー、んんんぅ」

いよいよ我慢できなくなったのか、珠美が呻いて頭を振る。くちづけをほどき、
「ふはぁ」と大きく息をついた。
「ね……バックからして」
目をトロンとさせて、お気に入りの体位を指定する。それなら今よりも、勢いよく
貫くことができる。
「わかった」
幸広が離れると、珠美がのろのろと身を起こす。短時間の交わりで、早くも体力を
消耗したみたいに。
けれど、そうではなかった。
「寺地さんのチンチン、まだマンコに入ってるみたい」
うっとりした面差しに、淫蕩な笑みを浮かべる。体内に残る男の逞しさを反芻して
いるのだ。
そして、次の展開に期待をふくらませ、四つん這いのポーズを取る。膝をつき、肘
を折って頭の位置を低くし、かたちの良い双丘を高く掲げた。上半身のキャミソール
は肌の色に近いから、ほとんどオールヌードに映る。
「挿れて……いっぱい突いて」

どこか舌足らずな愛らしいおねだりは、素の彼女のように思えた。とは言え、恥ずかしいところを大胆に晒した格好は、エロチック以外の何ものでもない。

毛のない恥芯はほころんで、白い粘液をこびりつかせている。交わった痕跡をあからさまにした光景にも劣情を煽られ、幸広は女体の真後ろから挑んだ。反り返る硬肉を前に傾け、快楽をもたらす秘穴にあてがう。

「挿れるよ」

告げるなり、一気に貫いた。

「はあああああーっ」

長く尾を引く嬌声を放ち、珠美が背中を弓なりにする。ふっくら臀部がビクッ、ビクンっと、感電したみたいなわななきを示した。

「おお」

幸広も喘ぎ、腰をブルッと震わせる。正常位よりも締めつけが著しく、いっそう感じてしまったのだ。

「ああん、いっぱい」

珠美が尻の谷をすぼめ、咥え込んだ肉棒を膣口で甘噛みする。それもまた、脈打つ牡器官に狂おしい歓喜をもたらした。

　そうなれば、ただ挿入したままでいられるはずがない。

　抽送を始めるべく腰を引く。逆ハート型のヒップの切れ込みから、濡れて濃くなった肉色の棒が現れた。

　それを再び送り込もうとしたとき、ギャルママが顔を半分だけ後ろに向ける。

「ね、イキたくなったら、中に出していいからね」

　嬉しい許可に、幸広は頬が緩んだ。続いて、ひとつ釘を刺される。

「でも、その前にあたしをキモチよくしてよ」

　言ってから恥ずかしくなったのか、すぐに顔を伏せる。そのくせ、おねだりするみたいにヒップを揺すったから、ペニスがはずれそうになった。

（おっと）

　丸みを両手で支え、強ばりを女体内に戻す。「あふっ」と喘ぎがこぼれ、濡れた内部がどよめいた。

（ちゃんと感じさせてあげなくちゃ）

　使命感を胸に抱き、腰を前後に振る。最初はスローペースで、徐々に速度を上げた。

「あ、あ、あん、それいいッ」

　ピストンの勢いが増すにつれ、珠美のよがり声が大きくなる。トロトロになった奥を勢いよく突くと、「おぅおぅ」と唸るような喘ぎをこぼした。

パッパッパッ……ぱちゅんッ。

下腹と尻肉の衝突音に、卑猥な濡れ音が色を添える。愛液とカウパー腺液が混濁して泡立ち、抜き挿しされる陽根にべっとりとまといついた。

そこからたち昇る、男女のなまめかしい淫香。すぐ真上で収縮するセピア色のアヌスにも、幸広は昂っていた。

何よりも、ぷりぷりの艶尻を、手でも目でも愉しめる。

(おれ、この体位が好きになったかも)

元カノとの営みは正常位がほとんどだった。また、いちいち体位を変えるのは面倒だという意識もあった。

だが、中華食堂の夢子とは、最初からバックスタイルで交わった。今もケモノポーズのギャルママを、後ろから攻めている。

女性のおしりの魅力に目覚めた幸広が、それを堪能できる体位を好ましく感じるようになったのは、必然と言えよう。

「ううう、い、イキそう」

珠美が呻くように告げ、半裸のボディを波打たせる。肉根をさらに引き込もうとしてか、膣内が蠕動した。

それにより、幸広も上昇する。

（こら、まだだぞ）

先に彼女を絶頂させねばならないのだ。

自身の快感を後回しにし、子持ちギャルの産道をリズミカルに摩擦する。角度を変え、よがり声が派手になるポイントを徹底的に攻めた。

「あ、イク、イクッ、イクイクイクぅ」

頭を振って金髪を乱した珠美が、一直線に駆けあがる。幸広はそのあとを追い、ゴール寸前で追いついた。

「あひっ、い、いいいいいいーッ！」

「おおお、で、出ます」

エンスト寸前の車みたいに、女体がガクガクと跳ねる。その中心に向かって、熱い樹液を解き放った。

「ああ、あ、熱いー」

ほとばしりを感じたか、珠美が裸の下半身をうち揺する。なまめかしくすぼまる淫窟内に、昇りつめて過敏になった分身をしつこく抽送させれば、

（ああ、よすぎる……）

ドクッ、ドクッと、ザーメンが幾度も放たれる。総身の震える悦びにひたり、幸広はペニスが萎えるまで、腰を動かし続けた。

3

行者町には鉄道の駅がひとつしかない。よって、公共の交通機関の中心はバスである。近隣の市町村も繋ぐバス会社のルートは、町内のほとんどをカバーしていた。よって、交通網の中心となる基地が必要になる。

駅からほど近いところに、行者町のバスターミナルがあった。主な路線の発着場所であり、町民の多くが利用する。

そのため、ターミナル内には売店の他、立ち食いそば屋もあった。

（ここに噂のカレーがあるのか）

古びたコンクリートの建物を見あげ、幸広はひとりうなずいた。

営業で回るのは駅周辺ばかりで、幸広はバスをほとんど利用しない。それに、出張所のあるビルの前に停留所があるので、乗る場合もそこからだ。加えて、バスターミナルは駅の反対側にあるため、これまで訪れたことはなかった。

なのに、こうしてわざわざやって来たのは、ここの立ち食いそば屋で出しているカレーライスが評判であると、ネットの情報で知ったからだ。

とは言え、カレーが食べたくて来たのではない。新たな顧客を得られるかもしれないと、仕事で訪れたのである。名の知られているところと契約を結ぶことができれば、必ず次に繋がるはずだから。

（カレーライスなら、トッピングのカツとか買ってもらえるかも）

スーパーの試食販売がうまくいったポークウインナーは、他のスーパーや小売店でも置いてもらえるようになった。また、珠美が宣伝してくれたおかげで、ジャーキーやカルパスをお客に出す店も増えている。

ネットなどの口コミも売れ行きに関係するが、こういう田舎町では人間関係が商売に直結する。ひととひととの結びつきが大切なのだ。

もっとも、そうなることを目論んで、人妻やバツイチママと肉体関係を結んだわけではない。あくまでも成り行き上であり、それがたまたまよい結果をもたらしただけのこと。

しかしながら、すでに三人と交わっている。そっちが目的ではないのかと、勘繰られてもおかしくない状況だ。

ともあれ、目覚ましいとは言いがたいものの、仕事の成果はあがっている。この調子であちこち当たってみようと、今日はバスセンターにやってきたのだ。

時刻は午後二時近く。普通の飲食店なら、そろそろ昼の休憩に入るところか。

だが、立ち食いそば屋は、営業終了時刻まで休みなしだ。昼時以外の時間帯にもお客は来る。バス待ちのあいだに腹を満たす者も少なくあるまい。

現に、幸広が来たときも、カウンターにふたりほど先客がいた。

バスセンターは二階建てで、一階がロータリーになっている。そこには行き先ごとに、乗り場がいくつもあった。ちなみに二階はイベントスペースで、休憩用のベンチや売店があるようだ。

立ち食いそば屋は、一階の隅にあった。

一階部分は、バスが出入りする道路に面したところ以外は壁で、利用者の出入り口もそれほど多くない。天井の明かりも控え目なため、全体に薄暗かった。

それでも、立ち食いそば屋の付近は照明がしっかりしており、そこだけ明るい印象である。

（立ち食いそば屋でカレーっていうのも珍しいかも）

壁に貼られたメニューを眺め、幸広は腕組みをした。

かけや月見、きつねにてんぷらといった定番は、そばとうどんが選べる。ご飯ものはカレーライスのみだった。

それはあとから加えられたメニューらしい。うどん・そばは印字されたプラスチックのプレートなのに、カレーだけ手書きである。紙も比較的新しく見えた。

幸広は券売機でカレーの食券を購入し、カウンターに出した。それを受け取ったのは、二十代前半と思しき若い女性だ。頭に三角巾でエプロン姿というのは、中華食堂の夢子と一緒だ。

頬がふっくらした、あどけない容貌。メイクは控え目ながら、大人の女性なのは間違いない。ただ、学生の制服をまとっても、けっこう似合いそうである。

「カレーひとつお願いします」

彼女が声をかけると、奥側にいた中年女性が、「はい、カレー一丁」と答える。皿を手にして、大きな炊飯器からご飯をよそった。

(カレーが売れてるのは、時間がかからないのも関係しているのかな？)

幸広はふと思った。

うどんやそばだと、麺を茹でねばならない。冷凍麺のようだし、時間はそれほどかからずとも、ご飯とカレーをよそうだけのほうが早いだろう。

事実、二十秒とかからずに、幸広の前にカレーライスが置かれた。お冷やのコップに入れたスプーンと一緒に。

「お待たせしました」

全然待っていないのにそう言われて恐縮する。目の前に来た若い女性が、どこか得意げな面持ちでこちらを見つめたためもあった。

(ひょっとして、カレーはこのひとが作ったんじゃないか？)

幸広は直感した。だから注文されて嬉しいのかもしれないと。

ところが、カレーライスそのものは、若い女性がこしらえたとは思えない見た目であった。

学生時代に、気ままな旅に出た幸広は、行者町よりもっと辺鄙(へんぴ)な地の食堂で、こういうカレーを食べた。色がまっ黄色で、具は細めに切ったタマネギがほとんど。香辛料よりも粉っぽい風味が強く、年寄りが好みそうなぼやけた味だった。真っ赤な福神漬けが添えられているのも、あれと共通している。

(どうしてこれが評判なんだろう……)

食べる前から疑問を抱く。ただ、見た目に反して美味しいと、ネットの口コミには書かれていた。そういう意味では合っているのか。

あとは味だなと、スプーンを手に取る。

以前食べた田舎カレーの印象が強かったため、こちらも同じく粉っぽいのだという先入観があった。実際、ひと口めはマイルドだなと感じたのである。

けれど、ふた口目を食べる前に、辛みが口の中に広がったものだから驚く。

（あれ？　けっこう辛いかも）

舌がヒリつく感じではなく、じんわりと染み渡るふうである。それをタマネギの甘みが緩和してくれる。

気がつけば、スプーンで掬ったものを、次々と口に運んでいた。

肉は豚バラ肉らしい。脂身が多めの、スーパーの特売でよく見るやつだ。それもまた絶妙にマッチしていたが、量は少ない。ほぼタマネギカレーと言ってもいいぐらいだった。

「ふう」

あっという間に平らげて、ひと息つく。

これは旨いと、誰もが称賛するような料理とは異なるだろう。しかし、後を引くというか、クセになりそうな味だ。懐かしさもあって、何度でも食べたくなる。

(……なるほど。評判になるのもわかるな)

幸広が納得してうなずいたとき、

「お先に失礼します」

カウンターの奥から声がする。見ると、若い女性店員が頭の三角巾をはずしていた。お昼のピークを過ぎて、退勤するところらしい。

(このカレーについて、話が聞けるかもしれないぞ)

幸広は空になったお皿とコップを返却口に戻すと、少し離れたところで待った。店の脇に従業員用の出入り口があり、そこから出てきた彼女を追う。エプロンもはずした今は、膝丈のスカートにポロシャツというシンプルな装いだ。

「あの、すみません」

バスセンターを出たところで声をかけると、振り返った女性が怪訝そうに首をかしげる。知り合いではないのだし当然だろう。

それでも、ついさっきカレーを注文した客だと気づいたようで、

「はい。何でしょうか?」

と、笑顔で応じてくれた。頬のえくぼが愛らしい。

「カレーライス、とても美味しかったです」

「そうですか。ありがとうございます」

「それで、よかったら作り方を教えていただけませんでしょうか」

お願いしてから、己の間抜けさに気がつく。飲食店が自分の店で出すもののレシピを、そんな簡単に教えるわけがない。ところが、

「いいですよ」

あっさりと了承されたものだから、かえって戸惑う。だが、これではっきりした。

あのカレーを作ったのは、やはりこの女性なのだ。

「本当ですか。是非お願いします」

幸広が頭を深く下げると、女性はクスクスと笑った。

名刺を渡して自己紹介をすると、

「わたしは篠宮優奈（しのみやゆうな）です」

彼女も名前を教えてくれる。

「カレーが好きなんですか？」

優奈の質問に、幸広はとりあえず「はい」とうなずいてから、

「それに、仕事の参考になるかとも思って」

ビジネス絡みであることも匂わせた。仕事で肉を扱っているのであり、彼女のほう

も《なるほど》という顔を見せた。

「それじゃ、わたしの家に行きましょうか」

連れて行かれたところは、一キロも歩かないところにあったアパートだった。二階の角部屋に招かれ、幸広は「お邪魔いたします」と頭を下げた。

そのとき、玄関の端に男物の靴があることに気がつく。今はいないらしいが、男と一緒に住んでいるようだ。

(まあ、女性の独り暮らしなら、初対面の男を入れるはずがないか)

いくら幸広が人畜無害の見た目でも、そこまで警戒心の薄いひとには見えなかった。

「こちらの住まいにはおひとりで?」

いちおう確認すると、

「いいえ。主人と住んでます」

優奈が答える。若く見えるが、すでに結婚していたのだ。

いちおう気になって、ここに来るまでのあいだ、左手の薬指を見たのである。けれど、指輪はなかった。水仕事をするから、はずしているのかもしれない。

(優奈さんも人妻なのか……)

人妻ふたりばかりか、バツイチ美女とも関係を持ったあとである。仕事が忙しくなってきたこともあり、彼女たちとの関係はこのところ途絶えているものの、夫がいる女性に反応してしまうのは、もはや条件反射みたいなものだ。

とは言え、優奈はまだ若い。年齢は教えてもらっていないが、二十五歳よりも下であろう。

しかも、こんなに愛らしいのである。チャーミングな若妻を、夫も毎晩のように抱いているに違いない。不満が募っていた熟女妻たちとは異なる。

よって、カレーのレシピを教えてくれるのも、まったくの親切心からなのだ。

アパートは2DKぐらいであろうか。キッチン部分も広めで、ここで愛する夫のために、優奈は腕を振るっているのだろう。そう考えたらちょっとだけ、いや、だいぶ羨ましかった。

(裸エプロンとかもするのかな)

などと、淫らな妄想をしてしまう。

「ところで、どうしてわたしにカレーの作り方を訊いたんですか?」

唐突に質問されて面喰らう。

「え、どうしてって?」

「だって、わたしはあそこで働いているだけなのに、作り方を知っているかどうかなんてわからないじゃないですか」

もっともな説明に、幸広は確かにそうだとうなずいた。

「実は、きっと篠宮さんがあのカレーを作ったんだと思ったんです」

「直感したってことですか？」

「そうですね。いちおう飲食業界で働いているので、勘が働いたところもあるでしょうし。あ、それから、篠宮さんがカレーを出したとき、ちょっと得意げな顔をしていたのもあったかもしれません」

「得意げって、わたしがですか？」

「はい」

考え込む素振りを見せた優奈であったが、「ああ、そうかも」とつぶやいた。

「あそこでカレーを出しましょうって、わたしが提案したんです。レシピもわたしが考えました。だから、寺地さんに注文していただいたのも嬉しくて、それでちょっと得意になったんだと思います」

照れくさそうに説明してから、彼女がカレーの材料を冷蔵庫や棚から取り出す。

「ひょっとして、ここで作って店まで持っていくんですか？」

買い物をしていないのにすぐ揃ったから、そうなのかと思ったのである。

「違います。もっと美味しくなるんじゃないかって、家であれこれ試してみることもあるので、材料を置いてあるんです」

かなり研究熱心のようだ。もともと料理好きなのであろう。

「でも、作り方はすごく単純なんですよ」

優奈はまず、タマネギを切った。二、三ミリほどの厚さは、店で食べたカレーに入っていたものと一緒である。あとはパックの豚バラ肉。具はそれだけだ。

火にかけた鍋に油を敷き、タマネギを炒める。そのとき、優奈はカレー粉を加えた。昔から売っている、赤い缶のものだ。

「カレー粉はルウでも使いますけど、炒めるときにも使うと、ピリッとした味が具に残って、後味がいいんです」

早くもカレーのいい匂いがキッチンに漂う。さらに豚肉を加えて炒めたあと、優奈は鍋に水と固形スープを入れた。

「カレーって、タマネギを透きとおるまで炒めると美味しいって言われてますけど、わたしはあえて食感が残るぐらいにしてるんです。そのほうが、タマネギの甘みとカレーの辛さがマッチする気がして」

実際に食べたものがそうだったから、幸広は確かにとうなずいた。

具が煮えるまでのあいだに、優奈がルウを準備する。

フライパンにサラダ油と薄力粉を入れ、飴色になるまで炒める。少し冷やしてからカレー粉を加えて混ぜた。あとは粉チーズも少々。それが隠し味のようだ。

そのあいだに鍋のほうが沸騰したので、ルウを入れてさらに煮込む。

(なんか適当にやってる感じだな)

薄力粉とサラダ油、カレー粉に粉チーズも、分量をはからなかった。作り慣れているから、このぐらいだと見ただけでわかるのか。

「はい、できあがりです」

長く煮込むことなく、カレーが完成する。炊飯器にあったご飯を皿によそい、できたてをかけてくれた。

「福神漬けを切らしてるんですけど。ごめんなさい」

謝られて、「いえ、とんでもありません」と答える。お願いしてカレーを作ってもらったのに、そこまで求めるのは我が儘というもの。

小さな食卓につくと、若妻が向かい側に腰掛ける。その前に、立ち食いそば屋でもそうだったように、水を入れたコップにスプーンを入れて出してくれた。

(そう言えば、あの黄色いカレーを食べた田舎の食堂でも、こんなふうにスプーンを

コップに入れて出してたな)

　水でスプーンを冷やす意味もあるのかなと考えつつ、カレーライスをいただく。そばつゆや天ぷらの匂いも漂っていたバスセンターの一角ではなく、もっと狭いダイニングキッチンゆえ、カレーのスパイシーな香りが鮮やかだ。

(……うん、うまい)

　さっき食べたものより、いっそう美味に感じられる。愛らしい若妻とふたりっきりでいるためもあるのだろう。

「とても美味しいです。作り方がシンプルだからなのか、親しみがあって、何度でも食べたくなります」

「それならよかったです」

「あの、だけど、大丈夫なんですか?」

「え、何がですか?」

「こんな簡単にレシピを教えたりして。いや、お願いした自分が言うのもなんなんですけど」

　幸広の言葉に、優奈が小首をかしげる。

「だって、このぐらいのレシピなら、どこにでもありますよ。わたしもネットのお料理サイトで見つけましたから」

「え、そうなんですか？」

「あとは分量や具材、炒める時間なんかを変えたぐらいです」

その細かな工夫によって、彼女のカレーが完成したのか。いや、まだ試行錯誤を続けているようだから、もっと美味しくなるかもしれない。

できれば自分も協力したい。ビジネスとは関係なく、美味しいカレーをわざわざ作り、食べさせてくれた若妻のために、ひと肌脱ぎたくなったのだ。

ひと皿をまたたく間に平らげる。バスセンターでも食べたから、優奈が加減して盛ってくれたのだ。

それでも、さすがに満腹である。

「お代わりはいかがですか？」

訊かれて、幸広は反射的に手のひらを向けた。

「いえ、もうけっこうです。ご馳走さまでした」

コップの水を飲み、ひと息つく。それから、さっそく本題に入った。

「先ほど自己紹介しましたとおり、私の勤め先は『味の肉まる』といいまして、肉の加工食品や、惣菜なども扱っております」

「ええ、はい」

「それで、こちらのカレーをさらに美味しくというか、この美味しさに色を添える商品をご紹介することで、売上をのばすお手伝いができるのではないかと思いまして」

ビジネスの話になっても、優奈は特に戸惑った面持ちを見せなかった。きっとそういうことなのだろうと、あらかじめわかっていた様子である。

「具体的には、どういうものがあるんですか？」

などと質問したから、彼女自身、あのカレーをもっと売りたい思いがあるのだ。

「たとえば、カツカレー用のカツなどいかがでしょうか」

幸広はスマホに自社商品のカタログを読み込み、優奈に提示した。

「こちらは加工済みの冷凍食品となっております。電子レンジかフライヤーで解凍するだけで、お客様にご提供できます」

「あ、けっこう安いんですね」

「はい。さすがに高級なお肉ではなく、輸入品を使うことで価格を抑えています。もちろん、肉そのものはしっかりと検査をし、安全なもののみを使用しています」

「んー」

優奈が迷いを浮かべる。まだ気になるところがあるようだ。

「わたしも、カツカレーはどうかなって考えて、試したことがあるんです。でも、コストがけっこうかかりますし、あそこで出すとなるとプラス二百円が限度だと思ったので、やっぱり無理かなって諦めたんです」

「こちらのカツでしたら、プラス百五十円でも充分利益が出ますよ」

「ええ。お値段は申し分ないんですけど」

彼女は浮かない顔つきだ。その理由は、幸広も何となく想像がついていた。

「ウチのカレーは、味そのものはそんなに強くないんです。だから、カツを載せると、どうしても味が負けちゃうんですよね。だからってカレーの味を強くしたら、今度は普通に食べるお客さんが辛く感じるでしょうし」

きっとそうだろうと思っていた懸念を告げられ、幸広は身を乗り出した。

「その点も、我が社ならきっと解決できます」

「え、どうするんですか?」

「さっき、篠宮さんはタマネギを炒めるときに、カレー粉を加えていましたよね。それでタマネギの味わいがより増していたと感じたんですが、カツのほうも、あらかじめ味をつけておいたらいかがでしょうか。カレー味でも、あるいは別のスパイシーな味でもいいと思うんですが」

「あ、なるほど」

　優奈が表情を輝かせる。突破口を見つけた喜びが溢れていた。

「どういう味がいいかは篠宮さんが研究されて、それをお伝えいただければ、私どものほうで試作品をこしらえます。満足のいくものができたら取り入れていただくというのはどうでしょうか」

「そんなことができるんですか？」

「我が社はそれほど大きくないので、融通が利くんです。もちろん、商品が完成するまでの費用はいただきませんし、万が一お気に召さないということになっても、請求は一切いたしません」

「でも、仮にそちらのカツを使うことになったとして、ウチはいいんですけど、寺地さんの会社の利益は微々たるものじゃないんですか？」

「そんなことはありません。篠宮さんのカレーはネットでも評判が上々ですし、調べたら、遠くから食べに来ている方もいるようです。しかも、けっこう頻繁に。これからますます売れるに違いありません。それで、あのカレーに使われているカツはどこのものかと話題になれば、我が社もバスセンターのカレーのカツとして、商品を売り出すことができます」

まくしたてるように言うと、若妻は気圧されたみたいに目を丸くした。ただ、お互いに利益がある話だというのは、わかってもらえたらしい。

「……そうですか。わかりました。では、カツにどんな味をつけたらいいか、研究してみますね」

「是非お願いします。必要な材料や、それこそお肉も私のほうで取り寄せますので、何でも申しつけてください」

「わかりました。こちらこそお願いします」

優奈が右手を差し出す。幸広は迷いなく握手をした。

商談成立の喜びで、胸が大いにふくらむ。同時に、彼女の手の柔らかさにどぎまぎして、幸広は妙に落ち着かなくなった。

4

「では、わたしは――」

幸広が腰を浮かせかけたのは、間が持たなくなりそうだったからだ。若妻とふたりっきりでいることに、今さら気まずさを覚えたためもある。

そんな内心を見抜いたみたいに、優奈が手を強く握る。行かせまいと引き止めるみたいに。

「すぐ帰ったりしませんよね？」

言われて、幸広は狼狽(ろうばい)した。鋭くなった眼差しにも圧倒される。

「え、あ――いや……」

「まだカレーのお代をいただいてないんですけど」

やけに現実的なことを言われてきょとんとなる。食い逃げは許さないと、つまりそういうことなのか。

「ああ、ええと、おいくらでしょうか？」

「金額が問題じゃないんです」

手を離してすぐに、優奈が立ちあがる。幸広はタイミングを逸し、椅子に腰掛けたままであった。

食卓を回って脇に来た彼女に「こっち向いて」と命じられる。怖ず怖ずと見あげるなり、頬を両手で挟まれた。

（え？）

急接近してきた美貌に焦点が合わなくなった次の瞬間、唇にふにっと柔らかなものが押しつけられる。

(——おれ、優奈さんとキスしてる⁉)

ようやく状況を認識できたのは、小さな舌がヌルリと侵入したあとだった。

「んふ」

優奈が小鼻をふくらませ、唇の裏や歯茎を舐める。くすぐったくて顎を緩めると、舌がさらに深く入り込んだ。

彼女の息と唾液には、スパイスの名残があった。さらに、狭い立ち食いそば屋の厨房で働いていたためだろう、油と出汁の匂いが着衣に染みついている。

そんな中にも、女性本来のかぐわしさが感じられる。気がつけば、幸広は優奈を膝に跨がらせ、柔らかなからだを抱きしめていた。

(……どうして優奈さんは、いきなりこんなことを?)

そんな疑問も、無我夢中でくちづけに応えるうちに、どうでもよくなる。若いボディが甘ったるい香りを放ち出すのに気づき、彼女がその気なのだとわかった。

「むふっ」

ふたりのあいだに入り込んだ手が、牡の股間を捉える。そこはいつの間にか欲情の反応を示しており、ズボン越しに刺激されたことで、いっそう力を漲らせた。

「はあ」

長いキスを終えて離れた優奈が、深い息をつく。堪能しきったふうに、目がトロンとなっていた。

「……こんなに気持ちのいいキス、久しぶり。まあ、キスも久しぶりなんだけど」

うっとりした告白に、幸広は胸が締めつけられる心地がした。

(なんて可愛いんだろう)

人妻だろうが関係ない。そう思ったところで(あれ?)となる。

「え、旦那さんとはキスしないんですか?」

質問に、彼女が渋い顔を見せた。

「だって、家にいないんだもの」

唇を交わしたことで、他人ではない心持ちになったらしい。言葉遣いが親しみのこもったものになり、幸広もそれに合わせた。

「いないって、単身赴任とか?」

「ううん。どこにいるかもわからないの」

どういうことなのかと首をかしげると、優奈が説明する。

夫は大学のサークルのＯＢで、現在はフリーライターだという。全国を飛び回り、様々な媒体でルポのような記事を書いているのだとか。

「寺地さんって何歳？」

唐突な質問に面喰らいつつ「三十二歳だけど」と答える。すると、

「じゃあ、ウチのダンナといっしょだ」

彼女はやれやれというふうに肩を落とした。

「結婚したら落ち着いて、寺地さんみたいにちゃんとお勤めしてくれるかと思ったのに、相変わらず風来坊なんだもの。一度出かけたら、全然帰ってこないのよ。いちおう生活に必要なぶんぐらいは稼いでくれてるけど、安定しない仕事だし、先行きも不安だから、わたしはちゃんと就職してもらいたいのに」

家庭を守る妻としては、抱いて当然の望みであろう。夫と同い年の男が、社会人らしくビジネスの話をするのを目の当たりにして、やり切れなくなったと見える。

「だいたい、わたしをいつまでほったらかしにするつもりなのかしら。まだ二十四で、ダンナよりずっと若いのに」

フリーライターなんて遊びの延長だと思っているらしい。自分だって遊びたいのにという不満もあるようだ。

だから、こうして初対面の男を連れ込んだというのか。自分にも「遊ぶ」権利があ

るからと。

「寺地さんのオチンチン、すっごく元気」

優奈が淫蕩な眼差しを浮かべる。二十四歳という若さでも、さすが人妻だ。成熟した女の色香も感じられる。

「し、篠宮さん」

幸広は喘ぎ、若妻を呼んだ。ズボン越しでも、巧みな手つきで硬肉を揉まれ、腰をよじらずにいられなかった。

「優奈って呼んで」

「ゆ、優奈さん……」

「よくできました」

冗談めかして目を細めた彼女が、腰を浮かせる。

「ほら、立って」

幸広が椅子から離れると、すぐ前に膝をつき、ズボンのベルトを弛めた。

（まさか、優奈さんまでこんなことを――）

同じ人妻でも、夢子や華代とは違うと思っていたのに。やはりこの町の人妻は、肉食が主流のようだ。

というより、夫たちが妻を蔑ろにしがちなのか。

優奈はカレーの代金を請求し、こんなことを始めた。からだで払ってもらうということなのだろうが、単なる口実にすぎない。要はセックスがしたいのである。

下半身を脱がされて、反り返る肉根があらわになる。年下の異性の前で、ビクンビクンとはしゃぐみたいに脈打った。

(うう、見られた)

相手が八つも年下ゆえ、居たたまれない思いが募る。一方で、己の逞しさを誇示したくなるような、露出狂じみた昂りもふくれあがった。

「こんなに勃っちゃって」

凶悪な器官に見つめる目が、艶っぽく潤む。優奈はちんまりした手で根元近くを握ると、上向いた器官を自らのほうへ傾けた。

(え、まさか)

幸広が狼狽したのと、彼女が唇をOの字にしたのは、ほぼ同時であった。膨張した亀頭が温かく濡れた中に迎えられ、チュッと吸われる。

「ううう」

快感に目がくらみ、膝が揺れる。幸広は急いでそばの食卓に手をつき、どうにかからだを支えた。

舌が回り出す。お気に入りの飴玉でも口に入れたみたいに、優奈はピチャピチャと音を立てて亀頭をしゃぶった。

「あ、あ、あ、あああっ」

幸広は馬鹿のひとつ覚えみたいに、ひとつの母音を吐き出すのみ。早くも屹立の中心にこみあげるものを感じ、昇りつめまいと必死で堪えた。

（うう、気持ちいい）

フェラチオをされるのは初めてでもないのに、やけに感じてしまう。あどけなさの残る若妻の奉仕に、背徳感が著しいせいなのか。

いや、テクニックも申し分ない。口許からはみ出した筒肉に指の輪を往復させ、陰嚢も優しく揉んでくれる。悦びを与えることが愉しくてたまらないというふうな、献身的な愛撫だ。

そのため、こんなにも快いのである。

優奈が牡の漲りを解放する。唾液にまみれた肉棒をヌルヌルとしごき、腰の砕けそうな快感を与えてくれて。

「すごいわ……鉄みたいに硬い」

気怠げな声音でつぶやき、濡れた唇を舌で舐める。二十代とは思えない色っぽさがあった。

「オチンチンをこんなにおっきくされたら、たまらなくなっちゃう」

自分がそうしておきながら、責任を転嫁する。しかし、こちらのせいにされても腹は立たない。一途な思いが溢れる面差しを見ているからだ。

剛棒に絡めた指をはずし、優奈が立ちあがる。ホックをはずし、スカートを床に落とした。

パンティは水色で、若妻らしい清楚なデザインだ。それも躊躇なく剝きおろすと、彼女は剝き身の下半身を重たげに運んだ。

食卓にあった皿とコップが、手早く片付けられる。何もなくなったところに、優奈は着衣の上半身をあずけた。

「ね、オチンチン挿れて。ガマンできないの」

大胆なおねだりと、小ぶりながらかたちの良い若尻に、幸広は頭がクラクラした。肉体が疼いて、挿入されないことにはおさまらないらしい。

「ちょっとだけでいいから。早くぅ」

急かされて、戸惑いながらも彼女の真後ろに進む。コンパスみたいに開脚し、恥ずかしげもなく陰部を晒した姿に、劣情が急角度で高まった。

（まだ若いのに、こんなにエロいなんて）

セックスがかなり好きなようである。なのに夫に放っておかれたら、誰彼かまわず迎えたくなるのも無理はない。

短めの縮れ毛が囲む恥割れはほころんで、薄白い蜜汁が今にも滴りそうだ。フェラチオをしながら、それだけ昂っていたのである。

ここは気持ちよくしてもらったお礼をすべきだと、強ばりきった肉槍を前に傾ける。赤黒い穂先を濡れ割れにこすりつけ、しっかり潤滑してから、一気に送り込んだ。

「ほおおおおっ！」

低いよがり声をダイニングキッチンに反響させ、優奈が感電したみたいに臀部を震わせる。内部の締まりがギュッギュッと強烈で、挿れただけで達したかのよう。

いや、実際、軽いアクメを迎えたらしかった。

「すご……お、オチンチン、いっぱい――」

喘ぎ混じりにつぶやき、息づかいもハァハァと荒い。淫らこの上ない反応に煽られ、幸広は分身を抜き挿しした。

「だ、ダメッ」

一往復しただけで止められる。彼女は尻割れをギュッと閉じ、それ以上は許さないと肉体でも訴えた。

そうなると、無理はできなくなる。

「今、ちょっとイッちゃったの。中が感じやすくなってるから、続きは奥でね」

振り返った優奈が、妖艶な笑みを浮かべて告げる。ゆっくり愉しみましょうと、顔に書いてあった。

悦楽のひとときへの期待が高まる。彼女の中のペニスを、幸広は雄々しく脈打たせた。

第五章　若尻か、熟れ尻か

1

優奈の住まいはやはり2DKで、奥にはふた部屋あった。どちらも洋室で、一方はリビングとして使っているようだ。

そして、もうひとつが寝室である。

（ここで優奈さんは旦那さんと——）

閨房のダブルベッドを目の当たりにし、モヤモヤした思いに囚われる。これから抱き合う若い女性の、夜の生活を想像せずにいられなかった。

もっとも、夫はずっと旅先で、なかなか帰ってこないという。ベッドには枕がひとつしかないし、室内にも優奈のものであろう、甘い香りしか漂っていなかった。

ときには独りの寝の寂しさから、オナニーに耽ることもあるのではないか。何しろ、いきなり挿入を求めたぐらいである。肉体は女として、充分すぎるほど目覚めているのだろう。

今も彼女は上半身のものを素早く脱ぎ去り、一糸まとわぬ姿になった。

さっきは気がつかなかったが、優奈のウエストはあまりくびれていない。寸胴で、腹部から下腹にかけてなだらかに盛りあがっていた。若いのに、年増じみたお肉の付き具合だ。

おそらく、美味しいカレーを作るため、試食を重ねてこうなったのだろう。不摂生やだらしない生活が原因ではあるまい。むしろ努力の証と言える。

そう考えると、お肉のついたお腹も愛玩動物みたいで愛らしい。抱き心地もよさそうだ。

「ほら、寺地さんも」

同じく下半身すっぽんぽんだった幸広も、急いでシャツを脱ぐ。素っ裸になり、促されるままベッドに上がった。

「ここに寝て」

ベッドに仰向けで横たわると、すぐ脇に若妻が膝をつく。下腹にへばりつくように勃起した秘茎を、躊躇なく握った。

「ベタベタしてる……」

つぶやかれ、申し訳なくなったものの、

(それ、優奈さんのせいだから)

食卓で交わったばかりなのを思い出し、胸の内で反論する。ベタつく付着物のほとんどは愛液なのだ。

しかしながら、そんなことは百も承知だったらしい。

「わたし、いっぱい濡れてたもんね」

気まずげにチロッと舌を出す。そのまま手にしたモノの真上に顔を伏せ、張り詰めた粘膜を舐めた。

「ううう」

くすぐったい快さに、腰回りが意志とは関係なくビクビクとわななく。

根元まで舌を這わせ、こびりついた自身の体液をすべて舐め取ってから、優奈が屹立を徐々に呑み込む。さっきのフェラチオは、全体の半分も口に入れてなかったのに、今回はより深く迎え入れた。

「んふぅ」

途中で小休止してから、さらに挑戦する。このままだと喉に届き、えずくのではないか。幸広は心配になった。

「優奈さん、無理しなくてもいいから」

声をかけると、彼女が横目でこちらを見る。そんなことありませんと答えるかのように、狭い口の中で舌を動かしだした。

「うあ、あ、くぅ」

絡みつくような男根ねぶりに、幸広は尻の穴を引き絞った。ペニスがアイスキャンディーみたいに溶かされそうな心地がしたのだ。

(これ、気持ちよすぎる――)

熟女妻やバツイチギャル以上に、男性器を扱い慣れていることが窺える。

果たして夫を相手にして磨かれた性技なのか、それとも、数多の男たちを相手に研鑽を積んだ結果なのか。疑問が生じたものの、どっちなのかなんて訊けるはずがなかった。

(可愛い顔をして、こんなにエッチだなんて)

舌は敏感なくびれを適確に狙い、味も匂いもこそげ落とすように磨き上げる。幸広から見えない死角で、柔らかな手が牡の急所をくるみ込み、優しくモミモミされるのもタマらなかった。

それにしても、カレーの代金を求められて始まったことなのに、一方的に奉仕されっぱなしである。

(おれも優奈さんにしてあげなくっちゃ)

せめて一緒に気持ちよくなりたいと、頭をもたげる。

「優奈さん、おしりをこっちに向けて」

告げると、舌の動きが止まった。どういうことなのかと、こちらの出方を窺うみたいな顔つきだ。

「おれも優奈さんのを舐めたい」

これで意図が伝わったはずなのに、彼女はすぐには動かなかった。迷うみたいに目を泳がせる。

シャワーも浴びずに寝室に入ったし、そもそも優奈は仕事から帰ったばかりなのだ。蒸れた秘所は、生々しい匂いをこもらせているはず。それを嗅がれたくなくて、逡巡しているのではないか。

しかしながら、さすがにそんなことを口には出せなかったらしい。

「――いいの？」

牡の漲りから口をはずし、首をかしげる。

「え、何が？」

「さっき、オチンチンを挿れたばかりなのに」

食卓で交わったことを思い出させ、躊躇させようと目論んだらしい。間接的に自分のペニスをしゃぶるのに等しいのだと。

だが、挿入し、ちょっと動いただけで終わったのだ。その前にフェラチオをされたから、分身は優奈の唾液で濡れていた。

つまり、女芯には彼女自身の痕跡しか残っていない。

「全然気にしないよ」

きっぱり告げたことで、何も言えなくなったようである。

「……そんなに舐めたいのかしら」

ブツブツと不平をこぼしつつ、優奈は腰を浮かせた。そのくせ、目が妙にきらめいている。

(舐められるのは好きみたいだぞ)

これが股間を洗ったあとだったら、自ら求めたのではないか。

目の前にくりんと丸いヒップが差し出される。たわわな熟れ尻に馴染んだあとゆえ、ボリュームという点ではもの足りない。

だが、ほころんだ恥割れと、キュッと引き結んだアヌスに劣情が沸き立つ。それから、濃密なフレグランスにも。

（ああ、素敵だ）

熟成された汗に、発酵した乳製品をまぶした感じか。毛が多くないから、用を足したあともしっかり拭き取れるのだろう。アンモニア臭はほとんどなかった。

双丘に手をかけ、引き寄せる。もうひとつの唇にキスする寸前、

「ま、待って」

若妻がこの期に及んで抵抗を示した。

「どうしたの？」

訊ねると、少し間があってから、

「わたしのそこ……イヤな匂いしない？」

怖ず怖ずと問いかける。やはり正直な秘臭が気になっていたのだ。

「全然。優奈さんのオマンコ、とってもいい匂いがする」

わざと露骨な返答をすると、

「ば、バカッ」

焦った声をあげ、彼女がおしりを思い切り落とす。意地の悪いことを言った年上の男に、罰を与えようとしたのか。

「むぷっ」

湿った陰部で口許を塞がれ、顔面もぷりぷりのお肉で圧迫される。残念ながら、それはまったく懲らしめにならず、幸広を喜ばせただけであった。

(ああ、優奈さんのおしり)

パン生地みたいな弾力と、肌のなめらかさがたまらない。おまけに、若妻のいやらしい匂いも、ダイレクトに嗅がされているのだ。

幸広は舌を恥割れに差し込み、内部に溜まった蜜を掬い取った。

「あひっ」

臀部がわななき、秘肛がキュッとすぼまる。たったひと舐めで感じたようだ。

(やっぱり舐められたかったんじゃないか)

クチュクチュとねぶり、粘っこい愛液をすする。敏感な肉芽を舌先で探ると、

「あ、あ、ダメぇ」

優奈が腰をくねらせ、切なさをあらわによがった。一矢報いようとしたか、フェラチオを再開させる。

屹立が再び温かな淵にもぐる。さっきのように深く迎えるのは無理らしく、彼女は亀頭をひたすらしゃぶり、筒肉に指の輪を往復させた。

けれど、クンニリングスの快感が高まることで、男根奉仕が覚束(おぼつか)なくなる。

「ふぅ、むふふふぅ」

先端を咥えたまま鼻息を荒くし、玉袋の縮れ毛をそよがせる。優奈はそそり立つモノの根元に両手でしがみつき、下半身を痙攣させるのみとなった。

おかげで、幸広のほうは余裕ができる。クリトリスだけでなく、他にも快いポイントがないか探した結果、

「んっ、んっ、んっ」

呻き声と若腰が同時にはずむ。アヌスを舐めたところ、思いもよらず鋭敏な反応を示したのだ。

(おしりの穴が感じるのか)

夢子のそこを舐めたときも、なまめかしい反応があった。だが、優奈はそれ以上の快感を得ていると見える。

ならば攻めない手はない。

尻の谷から舌をはずし、幸広は秘核に戻った。そちらを刺激して若妻をよがらせな

がら、指先に愛液をたっぷりとまといつける。

そして、可憐なツボミをヌルヌルとこすったのである。

「むふふふふふふふふぅ」

二点を同時に攻撃され、優奈が下半身を暴れさせる。逃すまいと、幸広は両腕で若腰をがっちり抱え込んだ。

「ぷは――」

いよいよ堪えられなくなって、彼女はペニスを吐き出した。

「ダメダメ、それ、よ、弱いのぉ」

弱点であると自ら暴露し、「うーうー」と呻く。柔肌の痙攣も顕著になり、早くも頂上が見えてきたようだ。

「ほ、ホントにダメ……あああ、も、イッちゃう、イクぅ」

すすり泣き混じりの訴えにも、幸広は攻撃の手を緩めなかった。さっき以上の高みへ至らせ、愛らしい若妻を乱れさせたかったのだ。

「あ、イク、イクの、ホントにイッちゃう」

ハッハッと息を荒ぶらせた優奈が、全身をぎゅんと強ばらせる。

「う、あ、は――あ、ああああっ！」

ひときわ高い嬌声を張りあげ、直後に脱力した。

「ハッ、ふはッ、はぁ、はふ……」

幸広の上でぐったりと突っ伏し、温かな息を鼠蹊部に吹きかける。

(イッたんだ、優奈さん)

ペニスを挿入されただけで昇りつめたのとは、やはり違う。あれは空腹を一時的に癒やす、前菜みたいなものだった。

では、今のがメインディッシュかと言えば、そうではない。まだちゃんとセックスをしていないのだから。

2

(優奈さんって、中のほうがもっと感じるんじゃないのかな)

ひと突きで果てたぐらいだ。膣感覚がかなり開発されているらしい。

要はペニスがないと満足できないからだなのだ。なのにずっと放っておくなんて、旦那も罪作りである。

そうすると、オナニーのときも指を挿れるに違いない。もしかしたら、大人のオモチャを所持しているのだとか。

脚をだらしなく開き、あられもなく晒した陰部は、濡れた秘唇がいっそうほころんでいる。見せつけられる桃色の粘膜のやや肛門側、収縮する小さな洞窟から、薄白い恥蜜をトロトロとこぼした。

幸広はそこに中指の先をあてがった。昇りつめたばかりだから、ちょっと感じさせてあげようというぐらいのつもりだった。

たっぷりと濡れた穴に、第二関節までがやすやすと入り込む。次の瞬間、かすかに蠢(うごめ)いていた膣が、いきなりすぼまった。

「ダメダメダメぇ」

虚脱状態だった優奈がのけ反り、悲鳴を放ったものだから、幸広は仰天した。

ダイニングキッチンで、絶頂後の抽送を拒まれたのを思い出す。イッたあとの膣内は感じやすくなっていると、彼女が言ったのである。

(だけど、ここまでだなんて——)

射精後の亀頭をこすられると、悶絶しそうになる。それと似た感じなのだろうか。

急いで指を抜くと、彼女はまた脱力した。息づかいがかなり荒い。

さっきの挿入では、軽く昇りつめただけだった。今はかなり激しいオルガスムスだったから、内部も相応に過敏になっているのだろう。

だとすれば、女芯内部の疼きがおさまるまで待つしかないのか。しかし、今セックスをしたら、かなり感じるはずだ。

(優奈さんを満足させるチャンスでもあるんだぞ)

彼女だって気持ちよくなりたいはずなのだ。

幸広はゆっくりと身を起こし、若妻を上からおろした。すっかり力の抜けた裸体を仰向けにさせ、その上に覆いかぶさる。

瞼を閉じた美貌は、いっそうあどけなく映る。半開きの唇が、スパイシーな息をこぼしていた。

さっきは彼女に唇を奪われたのである。今度はこっちの番だと、幸広は断りもなくくちづけた。

ふに——。

柔らかな唇がひしゃげる感触。キスをされたこともわかっていないのか、優奈はまったく反応しなかった。

それでも舌を差し入れ、唇の裏や歯茎を舐める。されたことのお返しをしながら、腰を彼女の股間に割り込ませた。

手を添える必要もないほど強ばりきった分身が、濡れ割れを容易に捉える。わずかに角度を調節しただけで、尖端が膣口にはまる感覚があった。

「ん……」

ようやく優奈が反応する。眉間にシワを寄せ、小鼻をふくらませた。

(ゆっくり挿れるんだぞ)

幸広は徐々に進んだ。丸い頭部が狭い入り口をこじ開け、くびれまでぬるりと入ったところで、いったん静止する。

「ンふぅ」

唇を塞がれたまま、若妻が息をこぼす。夢うつつの状態らしく、何をされているのか、ちゃんと理解してはいないようだ。

それをいいことに、少しずつ侵入する。ほぼミリ単位の動きで。ひとつになるのに、二分以上もかけた。

「ふう」

ふたりの股間が重なったところでひと息つく。

いつの間にか、優奈の息づかいがはずんでいた。オルガスムス後の膣内のどよめきは、まだ消えていない。

だが、時間をかけた挿入が功を奏したらしい。指を挿れたときみたいな荒々しいリアクションはなかった。

（ああ、気持ちいい）

幸広はうっとりして快さにひたった。

柔穴に包まれたペニスが気持ちいいのはもちろん、乳房から下腹にかけての、お肉のぷにぷに感がたまらない。巨大なビーズクッションを抱いている感じだ。

（これは予想以上の抱き心地だぞ）

いたずらにダイエットなどせず、この体型をキープしてもらいたい。と、夫や恋人でもないのに、勝手なことを願う。

「優奈さん」

呼びかけると、美貌がわずかに歪む。間を置いて、重たげな瞼が開いた。

「え？」

彼女が驚きを浮かべたのは、すぐ目の前に男の顔があったからだ。

「おれのが入ってるの、わかる？」

問いかけにも、怪訝な面持ちを見せる。いつの間にか抱かれていたことはもちろん、ペニスを挿入されたことにも気がついていない。

「……何してるの？」

「じゃあ、わからせてあげるよ」

幸広は腰を引き、今度は勢いよく戻した。

「あひぃいいいいーっ！」

優奈が長く尾を引く嬌声を放つ。裸身がビクッ、ビクンと、釣り上げられた魚みたいに跳ね躍った。

「い、今ダメ……感じすぎちゃうからぁ」

絶頂の影響が、まだ燻(くすぶ)っていたのだ。そうとわかったから交わったのである。

「じゃあ、ゆっくりするから」

今度はそろそろと後退し、同じ速度で戻す。

「う、ううっ、あああ」

彼女はやはり感じているが、苦しくてたまらないほどではなさそうだ。

(このぐらいなら大丈夫なんだな)

幸広は慎重に抽送を続けた。若妻が悦びにひたり、それが途切れないように。

にゅる……ぢゅぷり——。

濡れ穴が卑猥な音をこぼす。愛の泉は涸れることなく、蜜をこぼしていた。

「気持ちいい……ああん」

悩ましげなよがり声を、耳元で聞きながら腰を振る。幸広も快感に身を震わせ、ふんふんと鼻息をこぼした。

「あ、イク」

不意に優奈が身を強ばらせる。「うっ、ううっ」と呻いたあと、ぐったりして力を抜いた。

(またイッたんだな)

ダイニングキッチンのときと同じ、浅いオルガスムス。それでも内部はどよめき、ちょっとの刺激でも爆発しそうだった。

だからこそ、スローな腰づかいをキープしたのである。

「あ、あん、イッたのにぃ」

なじる声音は甘い。高波に酔いつつも、もっと続けてほしいのが窺える。

「気持ちよくないの？」

「いいけど……ね、キスして」

快感の波に漂いながら、彼女がくちづけを求める。幸広はすぐさま応じ、かぐわしい唇を塞いだ。

「むっ、うふっ、むむぅ」

唇の隙間から喘ぎをこぼしつつも、舌をねっとりと絡めてくる。肉体の上でも下でも深く交わり、からだ全体が性器になった気分だ。

「んんっ、んんんんんッ」

女体が波打つ。抱き心地のいいボディの上で、幸広も身をはずませた。

「んふっ」

太い鼻息をこぼし、優奈が絶頂した。またも浅いアクメながら、より高い位置まで昇ったようである。

幸広はピストン運動をやめず、蜜穴を摩擦し続けた。キスをしたまま幾度も昇りつめるあいだに、柔肌が熱を帯びる。じっとりと汗ばみ、甘酸っぱいかぐわしさを放ちだした。

(そろそろかな)

頂上に至る間隔が短くなってきたのを見計らい、幸広は腰づかいを早めた。

「ふはっ」

優奈が唇をはずしたのは、息が苦しくなったからだろう。

そんな彼女に、強大な波が押し寄せようとしていた。アクメ慣れした女体は、自身がかなりのところまで舞いあがっていたことに、気がつかなかったのだ。

「あああ、ダメ、すごいの来るぅ」

髪を振り乱し、年上の男を押し退けようとする若妻。そんな彼女を強く抱きしめ、幸広は腰だけをひこひこと動かした。

「ダメッ、ダメッ、イクっ、死んじゃう」

優奈が過呼吸みたいに喉をゼイゼイと鳴らす。そのまま最高潮を迎え、「おぅおぅ」と雄叫(おたけ)びに似た声をあげた。

「ううううう、イク、イッちゃう」

押し退けようとした男に、逆にしがみつく。彼女は総身をブルブルと震わせ、幸広の肩に歯を立てた。

「ぐぅうううううう」

愛らしい若妻に不似合いな、ケモノじみた呻き声。内部の締まりが強烈になり、幸広は引き込まれて爆発しそうであった。

(いや、駄目だ)

中出しの許可を得ていないのを思い出し、歯を食い縛って堪える。優奈に噛まれた痛みのおかげで、どうにか射精を回避した。

間もなく、硬直した肢体から力が抜ける。

「ふはぁ」

高みから一気に落下したみたいに、優奈はベッドに沈み込んだ。手足を投げ出し、胸を大きく上下させる。

幸広が彼女から離れたのは、蠢く膣壁にザーメンを搾り取られそうだったからである。

(大丈夫かな、優奈さん)

イキっぷりも凄まじかったが、果てたあとも荒ぶる呼吸がおとなしくならない。柔肌のあちこちが痙攣し、余韻が長く続いているのが窺える。

いや、余韻どころか、絶頂そのものが続いているのではあるまいか。

性感が豊かで、献身的な妻。なのにひとりにしておく夫を、幸広は大馬鹿者だと思った。とっとと愛想を尽かされるべきである。

(そうすれば、おれが優奈さんを幸せにしてあげられるのに)

彼女もまた、幸広にイカされたことで、このひとこそ理想のパートナーだと思ってくれないだろうか。

横たわる優奈を見ているだけなのも間が抜けている気がして、幸広は彼女に添い寝した。髪を撫で、汗ばんだ額に張りついたものをかき分けてあげる。肌も優しく撫でて、ゆったりした快さにひたれるよう配慮した。

しかしながら、股間のイチモツは猛々しいままである。疼くそこをどうにかしてほしいという気持ちも高まっていた。

(握ってくれないかな、優奈さん)

密かな願いが通じたのか、こちら側にあった若妻の手が動いた。添い寝する人物を確認しようとしたのか、幸広の下腹あたりに触れる。

だが、そこから移動しない。ほんの数センチのところに、彼女を歓喜の高みへと至らしめた剛直があるというのに。

手を導けば済むことなのに、なぜだかためらわれた。浅ましい気がしたし、やはり優奈の意志で握ってもらいたい。

ならばと、幸広は彼女にくちづけた。半開きで吐息をこぼす唇をそっと吸い、仰向けでなだらかになった乳房に手をかぶせる。

「ん……」

優奈が小さく呻く。突起を指の股で挟んで圧迫すると、「むふぅ」と鼻で喘いだ。

愛しさを伝えるべく、若い女体を愛撫する。頬や首、鎖骨にもキスを浴びせた。その間に、彼女の息づかいや表情が穏やかになる。

「うう」

幸広は呻いた。願いが叶って、優奈が勃起に指を巻きつけてくれたのである。

閉じていた瞼が開かれる。こちらを見あげる濡れた瞳に、吸い込まれそうな心地がした。

「寺地さんのオチンチン、すごく気持ちよかった」

舌をもつれさせ気味の告白に、幸広は複雑な思いを噛み締めた。すべてペニスの手柄であるように聞こえたからだ。

実際、彼女は感謝の思いを伝えるかのように、筒肉をゆるゆるとしごいたのである。

「キスもよかったし、クンニでもイカされちゃったし、わたしをここまで感じさせてくれたのって、寺地さんが初めてよ」

ようやく自分自身が褒められて、今度は照れくさくなる。

「優奈さんが魅力的な女性だから、おれも頑張れたんだよ」

誰にでも同じようにしているわけではないと、暗に訴える。もっとも、熟れ妻たちやバツイチギャルを相手にしたときも、精一杯奮闘したのだ。

（これじゃまるで、女泣かせのプレイボーイみたいだぞ）

自分から最も遠い存在だし、そんなふうになりたかったわけではない。だが、地方の小さな町で、複数の女性たちと肉体関係を結んだのは事実である。

見た目は色男でも何でもなく、プレイボーイなんて呼び名は似合わない。要は引きずられやすいだけの、ほいほいと尻馬に乗っかるだけの男なのだ。

誰とでもではなく、ひとりの女性を大切にし、幸せにするのが、本物の男である。しっかりしなければと反省した幸広であったが、

「ね、もう一回する？」

優奈の愛くるしい問いかけに、だらしなく頬を緩める。

「う、うん」

「じゃあ、来て」

鼻息も荒く女体に身を重ねると、強ばりが濡れた中心に導かれる。尖端が湿ったミゾに沿ってすべらされ、愛液でコーティングされた。

「わたしはいっぱい気持ちよくしてもらったから、今度は寺地さんが気持ちよくなってね」

「え？」

「中でイッていいからね」

はにかんで告げた彼女は、幸広には菩薩にも天使にも見えた。

(優奈さんに中出しができるなんて)

安全日なのだろうが、いっそ妊娠させたいと思った。そうすれば薄情な夫と別れて、自分と一緒になる決心をしてくれるはずだ。

よし頑張ろうと発奮し、分身に力を送り込む。ビクンビクンと脈打たせれば、若妻が嬉しそうに目を細めた。

「ふふ、元気。そんなにわたしとエッチしたいの?」

幸広ではなく、猛る牡器官に向けての問いかけ。代わりに「もちろん」と返事をして、狭穴に剛棒を突き立てようとしたそのとき、軽やかなメロディーが流れた。

どうやらスマホにメールか通知が届いたらしい。しかし、それは幸広のものではなかった。

「え、なに?」

優奈が怪訝な面持ちで身を起こす。仕方なく、幸広は女体から身を剝がした。四つん這いになった彼女がサイドテーブルに手をのばしたため、くりんと丸いヒップに目を惹かれる。

(やっぱりバックから挿れさせてもらおうかな)

体位の変更を提案しようと考えたとき、

「え、ウソっ！」

スマホを操作した優奈が、驚きの声をあげる。

「え、どうしたの？」

訊ねると、彼女の顔は幾ぶん蒼ざめていた。

「ダンナが帰ってくるの。今、駅に着いたって」

「ええっ⁉」

「あのひと、いつもこうなの。こっちの都合はおかまいなしで、ホント、自分勝手なんだから」

憤慨しているように見せかけて、実は優奈がそわそわしていることに、幸広は気がついた。浮気の現場を押さえられぬよう、焦っているのとは違う。

(優奈さん、何だか嬉しそうだぞ)

離れていた夫と、久しぶりに会えるのだ。不満はあっても、結婚した相手なのである。愛情そのものは薄らいでいないのだろう。

そうなれば、幸広に居場所はない。

「そういうことだから、ごめんなさい。あのひとがここに着く前に帰って」

「ああ、うん」

「カレーのトッピングの件は、また後日連絡するわ」

幸広は急いで服を着た。優奈はベッドを整え、下着だけを身に着ける。セクシーな格好で夫を迎えるつもりなのか。

(じゃあ、今の続きを旦那と?)

それはあんまりだと思っても、口出しをする権利はない。

「じゃあ、また今度。さようなら」

結局、追い立てられるように部屋を出される。幸広はため息をつきつつ、アパートをあとにした。

3

出張所に戻る気になれず、幸広は足を反対方向に向けた。そっちには町の中心を流れる川があるのだ。

川の両サイドは堤防になっており、素人ランナーたちがよく走っている。運動不足解消に、自分も走ろうかなと幸広は考えていた。

但し、あくまでも考えるだけである。

ひとりで走るのは寂しいし、長続きしそうにない。誰か一緒に走ってくれたらいいな。できれば魅力的な女性が。

そんな願いを抱くのは、この町に来て女性運が急上昇したため、求めるものが贅沢になったせいなのか。

ともあれ、走るのはともかく散歩ぐらいしようと、堤防の上を歩く。この程度でも、運動不足解消の助けにはなるはずだ。

ランニングも可能な遊歩道は、幅二メートル近いアスファルト舗装だ。夕刻の風が心地よい。西の空に傾きかけた陽光は赤く、穏やかに流れる川面(かわも)に星屑みたいな光を反射させていた。

（優奈さんのところに、けっこう長くいたんだな）

なのに、自分はまだ射精していないのを思い出し、モヤモヤしてくる。彼女の夫が帰ってくることに驚き、ペニスは萎えていたものの、欲望は燻ったままであった。

これは帰ってオナニーをするしかないなと、心洗われるような景色に相応しくないことを考える。関係を持った女性たちを訪ねたいとも思ったが、夢子と珠美はこれから仕事だし、華代のところは夫が帰ってくるころだ。よって、セルフサービスで処理するしかない。

遊歩道のひと通りはあまりなかった。普段からこうなのかはわからないが、ランニングをする者も見当たらない。

(今の時間、走ったら気持ちよさそうなのに)

今度走ってみようかなと、幸広は考えた。シューズとウェアを購入して。そこまで準備すれば、やらねばという心境になるだろう。

そのとき、背後からタッタッタッタッと軽やかな足音がした。ランナーがいたようだ。邪魔にならぬよう、道の端によける。彼の脇を、誰かが追い越した。

ふわ——。

甘酸っぱい香りが鼻腔をくすぐる。女性だった。

(え?)

幸広が目を瞠ったのは、ショートパンツに包まれたたわわなヒップに、デジャヴのようなものを感じたからだ。

少し走って、彼女が振り返る。こちらを見て、「あら」と口許をほころばせた。

夢子だったのだ。

「どうしたの、こんなところで?」

　戻ってきた彼女に訊ねられ、幸広はどぎまぎした。食堂でのエプロン姿や、半裸のあられもない格好ばかり目にしてきたから、タンクトップにショートパンツというスタイルが新鮮で、やけにセクシーに映ったのだ。

「いや、散歩を。夢子さんは？」

　訊くまでもなかった問いに、人妻が笑顔で答える。

「ランニング。からだを鍛えようと思って。食堂の経営は体力勝負だから」

　店を正式に継ぐ前なのに、早くも女主人としての自覚が芽生えているようだ。

「だけど、お店は？」

「今日は定休日よ」

「ああ」

　うなずいて、広く開いたタンクトップの胸元に光る汗に気がつく。なまめかしい匂いも強まった気がして、落ち着かなくなった。

　すると、夢子が眉をひそめる。

「ねえ、ちょっと」

「え？」

　彼女の視線を追って下を見るなり、頬が熱くなる。ズボンの前がみっともなく突っ張っていたのである。

若妻とセックスまでしたのに、中途半端で終わったものだから、刺激に反応しやすくなっていたのは否めない。そのせいで、セクシーな熟れ妻に情欲を煽られ、海綿体に血液が殺到したのだ。

おそらく、魅惑の豊臀を目にした瞬間に。

「いや、夢子さんが色っぽくて、つい」

しどろもどろに弁明すると、やれやれというあきれ顔を向けられる。

とは言え、すでに何度も交歓した間柄なのである。夢子のほうも幸広とは、その気になりやすかったのではないか。

「ねえ、こっち」

手を取られ、先へ向かうよう急かされる。勃起しているため歩きづらかったが、それでも早足で進むと、川に架かる橋があった。

夕刻で、車がひっきりなしに通っている。町の人間だけでなく、ここを通過するだけの車もけっこうありそうだ。

夢子と一緒に堤防をおりる。橋の下に入ると、遊歩道のほうが見えなくなった。つまり、向こうからも見られないということだ。

「ここなら大丈夫ね」

夢子が艶っぽい笑みをこぼす。何が大丈夫なのかなんて、いちいち確認するまでもなかった。

（じゃあ、ここでおれたちは――）

淫らな行為に及ぶのだ。どこまでするつもりなのかはわからないが、幸広のエレクトを目撃して、ここに来たのである。少なくとも射精には導いてくれるはず。

それでも戸外ゆえ心配なのか、彼女は橋梁のコンクリートにぴったりと背中をつけた。背の高い草もあって、うまい具合にふたりを隠してくれる。

「キスして」

短くせがみ、目を閉じる。幸広は胸を高鳴らせながら、甘酸っぱい香りを漂わせる人妻にからだを密着させた。

「んぅ」

唇を重ねるなり、夢子が甘えるように吐息をこぼす。幸広の背中に腕を回し、コアラみたいにしがみついた。

何度も交わしているくちづけも、場所が変わっただけで感動を覚える。もっと深く味わいたくて舌を差し入れようとしたとき、ポケットのスマホが着信音を鳴らした。

（チッ、何だよ）

放っておきたかったが、仕事の話だとまずい。そもそも、かかってくる電話のほとんどがそれなのだ。

「ごめん。ちょっと待って」

キスを中断し、急いでスマホを確認する。本社時代の上司からだった。

「はい、寺地です」

『おお、おれだ。元気か』

島流しにしておいて、元気かもない。いいところを邪魔されたせいもあってムッとしたものの、あれは自分の落ち度だったのだ。上司に責任はない。

「ええ、まあ。ところで、おれに何か？」

『ああ。実は山口が会社を辞めてさ、営業部の手が足りなくなってきたんだよ』

「え、新人がけっこう入っていたから、コマは足りてるでしょう」

『仕事のできるヤツがいないってことさ。若い連中は何でも無難に済まそうとするから、取引がみんな先細りになっちまうんだよ』

「そうなんですか」

『だから、本社に戻らねえか。お前にその気があるんなら、おれから上に話を通すからさ』

　悪くない、いや、願ってもない知らせであった。この町に来て、気分が沈んでいたときの自分だったら、是非お願いしますと頭を下げているところだ。

　しかし、今は状況が異なる。

「申し訳ありませんが、本社に戻るのは当分無理そうです。こっちでの取引が増えて、忙しくなっているところですので」

『え、そうなのか？』

　上司はかなり驚いた様子であった。ミスの代償として閑職に回されたはずが、着実に業績を上げているらしいことに。幸広が出任せを口にしないと知っているのだ。

「はい。部長のお誘いは大変ありがたいのですが、そういうことですので」

『そうか……頑張ってるんだな。よし、わかった。こっちはどうにかするよ。お前もしっかりやれ』

「はい。ありがとうございます」

『こっちのデスクはいつでも空けてあるから。そっちがひと段落したら、いつでも戻ってこい』

「わかりました」

『じゃ、またな』

通話を終え、夢子に「ごめん」と謝る。すると、なぜだか彼女は、嬉しそうに頬を緩めた。

「寺地さん、まだこっちにいるのね」

今の電話を聞いていたのだ。

「ああ、うん」

「本当は東京に戻りたいんじゃないの？」

「そんなことないよ」

幸広はかぶりを振り、きっぱりと告げた。

「夢子さんたちを置いて、ここを離れたくないもの」

「え、夢子さんたち？」

複数形だったのを、夢子は聞き逃さなかった。もちろん彼女は、華代や珠美のことなど知らない。

「こっちでたくさんのひとのお世話になっているからね。取引先も増えているし」

誤魔化すと、幸いにも納得してくれる。

「そうよ。勝手にどこかに行ったら、許さないんだから」

ふたりは再びくちづけを交わした。互いのからだをまさぐり、情愛を募らせる。

元上司との電話中も膨張したままだったペニスをズボン越しに握られ、幸広は呻いて腰を震わせた。お返しに、ショートパンツ越しに秘芯をまさぐる。

「ふは──あ、やあん」

甘い声を洩らした人妻のそこは、じっとりと湿っていた。

「すごく濡れてるよ」

「バカ。走って汗をかいたのよ」

言ってから、夢子が今さらのように焦りを浮かべる。

「ごめん。わたし、汗くさいでしょ」

「ううん、ちっとも。夢子さんはいつもいい匂いだよ」

幸広の返答に、彼女は「もう」と愛らしく睨んできた。

「後ろを向いてよ」

そのお願いだけで、男が何を求めているのかすぐに察したようだ。

「相変わらずおしりが好きなのね」

行為のときにはいつもその部分を愛でるから、わかっているのである。幸広に背中を向け、ショートパンツの丸みを後ろに突き出した。

「誰か来たら困るから、ちゃんと見張っててよ」

脱がされるとわかって、そんなことを言ったのだろう。幸広は「わかった」と返答し、人妻の豊臀を包む衣類をまとめて剝き下ろした。

たふん――。

重たげな熟れ尻が、上下にはずんであらわになる。同時に、蒸れた趣の秘臭も、ふわっと広がった。

(夢子さんのおしりだ!)

この町に来て、最初にふれあった女性である。双丘は彼女の最も魅力的なところであり、何度目にしても飽きない。対面するたびに、琴線を激しくかき鳴らされるのだ。

「もうちょっと後ろに突き出して」

欲望まる出しのお願いを聞いても、幸広が尻の谷に鼻面を突っ込むと、さすがに「いやぁ」と嘆いた。そうされるとわかっていたに違いないのに。

「ね、ねえ、ホントにくさくないの?」

不安な響きを伴った問いかけに、言葉ではなく舌で答える。湿った恥割れを抉るように舐めたのだ。

「くぅうーン」

誰かが近くを通ったら、仔犬がいるのかと勘違いするかもしれない愛らしい声。不埒な舌と鼻を咎めるように、夢子は臀裂をギュッと閉じた。

「うう、ヘンタイ」

なじりながらも、敏感なところをねぶられて身悶える人妻。正直な股間臭を嗅がれていることも、恥ずかしくてたまらないようだ。

一方、幸広のほうは有頂天であった。

(ああ、素敵だ、夢子さん)

いつもより濃厚なかぐわしさを、嬉々として吸い込む。ランニングをしていた彼女との、偶然の出会いを感謝しながら、塩気のあるラブジュースもすすった。

たわわなヒップの割れ目は、汗でじっとりと濡れていた。匂いもケモノっぽくて荒々しく、嗅げるものなら嗅いでみなさいと、挑まれている気がした。

もちろん、幸広は鼻をクンクンと鳴らし、付着した汗も舐め取ったのである。

「あひっ」

夢子が鋭い声を発したのは、アヌスに舌を這わされたからだ。

「もう、そんなところまで」

あきれた口調ながら、呼吸がハッハッとはずむ。放射状のシワも、もっとしてとねだるみたいに、なまめかしく収縮した。

人妻のすべてを味わいつくし、いよいよ次の段階に進みたくなる。ブリーフの内側で脈動する分身は、多量の先走りをこぼしていたのだ。

幸広は立ちあがり、ズボンのベルトを弛めた。このままバックスタイルで貫くつもりだった。

ところが、反り返る肉根をあらわにしたところで、前屈みだった夢子がからだを起こしたのである。

(え、あれ?)

きょとんとする幸広の前で、最初のようにコンクリート壁に背中をつけた。

もしかしたら、これで終わりなのか。汗で蒸れ蒸れの尻の谷まで舐めたから、さすがにやり過ぎだと愛想を尽かされたのだとか。

まずかったなと後悔する幸広であったが、彼女が怒っている様子はない。むしろ面差しは淫蕩そのものであった。

「寺地さんの顔が見えないと不安なんだもの」

目を潤ませて言われ、ようやく心情を理解する。

屋外で肌を晒し、尚かつ淫らな行為に及ぶのは、やはり怖いのである。まして、尻を突き出した無防備な体位では、快感に身を委ねられないであろう。

けれど、向かい合ってしっかりと抱き合えば、多少なりとも不安が解消される。ふたり一緒だという安心感も得られよう。

「わかった。それじゃ――」

夢子の左脚を持ちあげ、晒された女芯を真下から狙う。ふたりとも立ったままのセックスは初めてだが、アダルトビデオで見たのを真似たのだ。

「肩にしっかり摑まって」

「は、はい」

彼女が言われたとおりにすると、幸広は腰を落とした。反り返る肉槍の根元を握り、濡れた淫窟を狙う。

「くぅん」

亀頭が濡れたところに触れ、ヌルヌルとこすりつけられると、夢子は甘えるようにしがみついてきた。これならちゃんと挿れてもらえると、安堵したのだろう。

幸広が曲げていた膝をのばすと、剛直は濡れ穴をずむずむと侵略した。

「はああっ」

夢子がのけ反って喘ぐ。だが、すぐに戸外なのを思い出したようで、歯を食い縛って「ううう」と呻いた。

　幸広は彼女をコンクリートの壁に押しつけるようにして、腰を小刻みに突き動かした。

「あ――ぅう、むぅぅ」

　抑えた声が間断なくこぼれる。ストロークの短いピストンでも、ちゃんと感じているようだ。

　それでも、もの足りなさは否めないらしい。焦れったげにかぶりを振り、幸広の唇を奪って吸いたてた。舌を差し入れ、口内を貪欲に舐め回す。

　接吻と性交を同時に行いつつ、幸広も次第にイライラしてきた。慣れていないせいもあるのだが、やはり思い切って動けないために、フラストレーションが溜まるのである。

　若妻の優奈を相手に、あそこまでいやらしいことをしておいて、射精しなかったのだ。当然、欲望は満タンであり、夢子と交わったらすぐに爆発するかもと危ぶんでいたぐらいである。

　しかしながら、果てる機運はない。腰が疲れるし、ペニスの摩擦も不充分で、うまくイケそうになかった。

それは夢子も同じ気持ちだったらしい。

「ふう」

唇をはずし、困惑を浮かべる。こんなはずじゃなかったと、憂慮の表情が訴えていた。

「寺地さん、やっぱりバックから挿れて」

誰かに見つかる恐怖よりも、快感を求める気持ちが勝ったようだ。

幸広が腰を落として肉棒を抜くと、自らさっきと同じポーズを取る。たっぷりした丸みを、そそり立った秘茎のほうに差し出した。

幸広はすぐさま動いた。見つからないためには、手早く終わらせるのが一番である。それで夢子がもの足りないようだったら、出張所に連れて行けばいい。彼女が満足するまで、たっぷり可愛がってあげよう。

だったら、今すぐにでも出張所に向かえばいいのである。けれど、今はとにかく欲望が募りすぎて、一度発射しないことにはおさまりがつかなくなっていた。夢子のほうも、逞しいもので勢いよく貫かれない限り、ここから移動したくなさそうである。

反り返るイチモツを前に傾け、尻の谷間を探る。濡れた園に穂先をこすりつけ、手早く馴染ませた。

「ああ、は、早く」

急かされて、一気に進む。最大限に膨張した器官が、女体内に吸い込まれた。

「あひぃいいいいっ！」

夢子の嬌声が、橋の下に反響する。だが、上をひっきりなしに車が通っており、エンジン音とタイヤの摩擦音ももううるさく響いていた。

よって、誰かに聞かれる心配はない。

「ああ、も、もっとぉ」

あられもなく抽送をせがむ人妻に、力強いブロウを繰り出す。下腹が豊臀にぶつかって、丸みにぷるんと波が立った。

(うう、気持ちいい)

蜜芯の締めつけもたまらないが、類い稀な尻とのふれあいも、官能的な気分を高めてくれる。ぷりぷりしたお肉を両手で摑み、揉み具合も愉しみながら、猛るペニスを出し挿れした。

気がつけば、幸広は憑かれたように腰を振っていた。

「おおぅ、お、あ、あん」

多彩なよがり声をこぼす夢子は、肉体の深いところで感じているふうだ。膣奥を突かれるたびに下半身がバウンドし、「イヤイヤ」と髪を振り乱す。

「き、キモチいい……オマンコ溶けちゃうぅ」

卑猥な言葉を口にして、咥え込んだ牡根をギュッギュッと締める。

「おれ、もう出ちゃうよ」

急角度で上昇するのを感じ、終末を予告する。すると、振り返った彼女が、不満をあらわにした。

「え、もう？」

眉をひそめたものの、仕方ないかとため息をつく。

「一回出して終わりじゃないわよね」

「もちろん」

「それじゃ、オマンコの中でイッていいわ」

許可を与えられてすぐに、幸広はこれまでにない速度のピストン運動を繰り出した。

「あああ、は、激し」

女体もガクンガクンと跳ね躍る。幸広が「出るよ」と告げると、夢子も息づかいを激しくした。

「わ、わたしも……ああ、あああ、い、イッちゃう」

アクメの予告に手綱(たづな)を解き放てば、ふたり同時に頂上へと駆けあがる。

「イクイクイク、あああっ、い、イヤぁああっ！」

「おおお、で、出る。夢子さん」

ヒクヒクと波打つ熟れボディの最奥に、熱い樹液を注ぎ込みながら、

（この町へ来てよかったな――）

幸広は改めて実感するのであった。


（了）

※本作品はフィクションです。作品内に登場する団体、人物、地域等は実在のものとは関係ありません。

ほしがり地方妻（ちほうづま）

〈書き下ろし長編官能小説〉

2023年10月30日　初版第一刷発行

著者……………………………………………多加羽 亮

ブックデザイン…………………橋元浩明（sowhat.Inc.）

発行人………………………………………後藤明信

発行所………………………………株式会社竹書房

〒102-0075　東京都千代田区三番町８－１

三番町東急ビル６Ｆ

email：info@takeshobo.co.jp

http://www.takeshobo.co.jp

印刷所…………………………中央精版印刷株式会社

定価はカバーに表示してあります。